秋喜 赵海燕 译

英雄格斯尔

通俗版

内蒙古人民出版社

图书在版编目（CIP）数据

英雄格斯尔：通俗版 / 秋喜，赵海燕译 . -- 呼和浩特：内蒙古人民出版社，2025.1
（格斯尔普及读物系列）
ISBN 978-7-204-16921-4

Ⅰ．①英… Ⅱ．①秋… ②赵… Ⅲ．①蒙古族－英雄史诗－中国 Ⅳ．① I222.7

中国版本图书馆 CIP 数据核字（2021）第 232216 号

英雄格斯尔（通俗版）

译　　者	秋　喜　赵海燕	
策划编辑	王　静	
责任编辑	杜慧婧	
封面设计	安立新	
责任监印	王丽燕	
出版发行	内蒙古人民出版社	
地　　址	呼和浩特市新城区中山东路 8 号波士名人国际 B 座 5 楼	
印　　刷	内蒙古爱信达教育印务有限责任公司	
开　　本	710mm×1000mm　1/16	
印　　张	15	
字　　数	160 千	
版　　次	2025 年 1 月第 1 版	
印　　次	2025 年 1 月第 1 次印刷	
书　　号	ISBN 978-7-204-16921-4	
定　　价	56.00 元	

如发现印装质量问题，请与我社联系。联系电话：（0471）3946120

目录

1

第一章 英雄降生人间

忘记佛祖法旨

远古的一个时代，在释迦牟尼佛祖涅槃之前，霍尔穆斯塔腾格里离开须弥山，到那佛光普照世间的佛祖那里朝拜去了。霍尔穆斯塔腾格里来到佛祖的身边，向佛祖膜拜了九次，表达了他的恭敬之意。

跪拜之后，佛祖向霍尔穆斯塔腾格里下达了旨意：

"注意听接下来要说的话！五百年之后，人间将出现乱世。那时，世间将秩序混乱、强者欺压弱者、野兽捕食人类。世间鬼怪肆虐，山河血染。到那时，你要从三个儿子当中派遣一位去做人间的可汗！他要除妖斩魔、铲除世间万恶、治理天下！"

霍尔穆斯塔腾格里领受佛祖法旨后，返回了须弥山。

霍尔穆斯塔腾格里返回宫殿后，与三十三位天尊，整日饮酒作乐、举杯相庆。如此度过了五百年的时间，竟把佛祖的旨意忘得一干二净。再过了百年，又过了百年，已经过去七百年了。霍尔穆斯塔腾格里却终日无忧无虑，尽享天界欢乐。

突然有一天，与往常一样正在举行盛大宴会时，忽然听到"轰隆隆"的天崩地裂的巨响。那一声巨响，使天庭都震动起来。那一声巨响，如同万千龙群，齐声轰鸣，震动巨大。霍尔穆斯塔腾格里与三十三天尊都大惊失色。

他们走到了宫殿的门口，想看看到底发生了什么，巡视周围，发现金碧辉煌的索达拉松城西墙角有大面积的坍塌。

霍尔穆斯塔腾格里大为震怒，他拿起武器，带着三十三天尊，气势汹汹地走出宫殿，浩浩荡荡地前往西城墙的崩塌处，察看原委。

霍尔穆斯塔腾格里大声怒斥道："谁人敢如此放肆？将天界最大的统领者汗霍尔穆斯塔的城墙崩塌？你是何其威严？到底是谁的恶行？敢触犯天神？即使你是十五个头颅的巨蛇，抑或是阿修罗的诸兵将，也要搏斗见分晓。胜利者才有资格成为这天庭的主宰者。"

但是，毫无动静。等候多时也没有得到任何回音。霍尔穆斯塔腾格里与三十三天尊不明所以，大家纷纷议论城墙倒塌的原因。

"这城墙究竟为何崩塌的？"正在大家议论之时，霍尔穆斯塔腾格里突然"啊！"地叫出一声。

他猛然想起了佛祖的法旨。他懊悔地说道："唉！佛祖呀！

佛光普照世间的佛祖呀！这是您给我的指示吧！五百年后，人间将秩序混乱。那时，让我务必派遣三个儿子当中的一个去做人间的可汗。让他根除万恶、消灭妖魔鬼怪，拯救苍生。然而，七百年后的今天，我仍旧在这须弥山上纵情作乐、把酒言欢，把您的法旨忘到了九霄云外。实在是不应该呀！"

召开天庭大会

霍尔穆斯塔腾格里省悟到善见城城墙倒塌的原因之后，他带着三十三天尊回到了宫殿。他迅速派遣使者前往三个儿子的住处，传下他的御旨，问他们三个哪个愿意到人间镇伏妖魔，普救众生。

使者首先到达霍尔穆斯塔腾格里的长子阿敏萨和格其那里，并转达了霍尔穆斯塔腾格里的命令。

使者说道："请阿敏萨和格其听旨！你的父亲霍尔穆斯塔腾格里让你下凡，做人间的可汗，用你的智慧与才能，治理人间，你意下如何？"

阿敏萨和格其听后说道："我非智勇双全之才，何以治理人间？此事由父亲派遣，肯定兹事体大。我若到达人间，将事情办得虎头蛇尾，岂不是给父亲的脸面抹黑。不是我不想去，而是我能力不足，不敢去呀！"

使者辞别阿敏，前往霍尔穆斯塔腾格里的次子威勒布图格其那里传旨。

使者说道："请威勒布图格其听旨！你的父亲霍尔穆斯塔腾格里让你下凡，做人间的可汗，用你的智慧与才能，治理人间，你意下如何？"

威勒布图格其说道："我是汗霍尔穆斯塔的儿子。与那地上栖息的人类不同。我不愿去人间做可汗。这事你应该托付给哥哥阿敏萨和格其。抑或是弟弟特古斯朝格图也可以吧！我上有兄长、下有贤弟，我想他们都可以担此重任！"

使者听后不得已告别威勒，来到霍尔穆斯塔腾格里的三子特古斯朝格图住处。

使者说道："请特古斯朝格图听旨！你的父亲霍尔穆斯塔腾格里让你下凡，做人间的可汗，用你的智慧与才能，治理人间，你意下如何？"

特古斯朝格图回答道："至高无上的汗霍尔穆斯塔父亲的命令，为何要传达给我？这是叫我抢先兄长的职责吗？因是父亲的命令，所以赴汤蹈火也在所不惜，但为了避免遭受兄长们的嫌弃，此事还是请托付他们吧！"

使者很快就返回了天庭霍尔穆斯塔腾格里的住处。他将霍尔穆斯塔腾格里三个儿子的话，一字不落地禀告给了在场的众天神。

霍尔穆斯塔腾格里听后雷霆震怒，再次派往使者让三个儿子"速来参见！"兄弟三人到达之后，霍尔穆斯塔腾格里与三十三天尊举行商议。

他语重心长地说道："我与三十三天尊一起，探查了坍塌的城墙。这并不是敌人的所作所为。而是那位佛光普照人间的佛祖给我们传递的信号。在七百年前，我前往佛祖那里跪拜，当时佛祖下达了法旨。说是五百年后，人间将秩序混乱，妖魔横行，那时让我在你们当中选出一位，派往人间，做人间的可汗，用智慧与才能治理人间。现在已是七百年后，世间妖魔和蟒古思肆意妄为，黎民百姓饱受其苦。我原以为你们是天神的儿子，应该担起职责，下凡到人间，平息世间的祸乱，未曾想你们如此令我难堪。那么，从今往后，你们执掌我的权力，主宰这须弥山的一切吧！你们给我下达命令吧！"

三个儿子听到此话，相互打量了一下，纷纷摘下帽子，连忙跪地俯首说道："父汗请息怒！你言重了。为何不听听我们的解释，就如此动怒呢？"

长子阿敏萨和格其说道："父汗之命，我岂敢不从？只不过，贸然下凡，在凡间做可汗，用智慧与才能治理天下，于我来说，岂不逞能？我既无过人之才华又无过人之本领，何以治理天下？若我在任人间可汗期间，差错频繁、毫无作为，未能完成铲除妖魔之大业，岂不是叫世人嘲笑，岂不是给父汗你抹黑吗？你几世英名岂能在我身上毁于一旦？我自知无法胜任，才拒绝前往的。"

他指着二弟威勒布图格其说道："我不是要把责任推卸给弟弟，而是我觉得二弟威勒布图格其智勇双全，精通多般武艺。在梵天界，十七位天尊举行的那达慕盛会上，无论是射箭还是其他竞技比赛，无人能与其抗衡。我们与三十三位天尊一同举办的内部比赛中，无论射箭或摔跤，他都能遥遥领先。在下界，龙王们的比武盛会上，没人能够战胜他。他武艺超群，而且无论射箭、摔跤样样精通，智勇双全，名震三界。我们自称是天神的儿子，就能下凡做可汗，治理人间了吗？像威勒布图格其这样文武双全者才有能力治理混乱不堪的凡间呀！请父汗三思啊！"

三十三天尊非常认可阿敏萨和格其的话，附和道："阿敏萨和格其的话确实言之有理。无论射箭还是摔跤，无人能敌威勒布图格其。"

老三特古斯朝格图接过三十三天尊的话说道："我并不是夸奖自己的哥哥，也并非要推卸责任。大哥与三十三天尊所言极是。并无半句虚假，请父汗三思！"

霍尔穆斯塔腾格里听到这些，他面向次子威勒布图格其，说道："威勒布图格其呀！听到大家的话了吧？你能否接受此重任啊？"

威勒布图格其说道："大家言至于此，父汗如此信任，我岂能辜负？我听从父亲的安排，到凡间做可汗，竭尽所能做好一切！"

霍尔穆斯塔腾格里说道："为了顺利完成下凡大业，你可以从天庭的库房之中取走一些必要的东西！"

于是，威勒布图格其顺应说道："父汗，请赐予我如下物品：耀霜黑色铠甲一套、闪电护背旗一个、日月同辉图样的银制宝盔一个、绿松宝石扣白翎箭三十支、黑色硬弓一张、三庹长青钢宝剑一把、赫赫威名的金索宝套一个、九十三斤重的大金钢斧一把、六十三斤重的小钢斧一把、九股铁索套一个吧！"

霍尔穆斯塔腾格里答应道："好，都给你吧！"

威勒布图格其紧接着请求道："父汗，请派三十三天尊的三位随我一同下凡同胎投生，成为我的三位神姊！三位神姊出生后立刻返回须弥山上，从天庭护我周全吧！如此，我在凡间遇险境，也可以帮助我化险为夷。"

霍尔穆斯塔腾格里答应道："好，按你说的办！"

威勒布图格其接着又说道："父汗，请赐给我三十名勇士！这些勇士从其他天神的臣属中挑选即可。让这些天神随我下凡，成为我的勇士吧！在凡间，不仅护我周全，还要替我冲锋陷阵，与我共同完成铲除妖魔、整治乱世的大业。还有，请父汗务必从天界亲信当中挑选一位值得信赖的、神勇的天神，托生为我的胞兄吧！"

霍尔穆斯塔腾格里应声答应道："可以！"

威勒布图格其看似忽然想到一件重要的事情一般又说道："父汗，最后一个请求，请务必答应我吧！请父汗从天庭的马厩中挑选那匹比狐狸还要聪明机灵、比野鹿还要飞驰如风、世间马匹无法比拟的枣骝神驹赐给我吧！"

霍尔穆斯塔腾格里说道："可以！按照你的要求依次赐给你吧！你要到凡间投胎转世，因此，你凡间的母亲就选苟巴彦之女格格莎阿木尔吉拉吧！图萨之王桑伦之子扎萨希格尔做你的哥哥吧。为了你在凡间的大业，我们将毫不吝啬地给予支持，也会鼎力相助！所以，威勒布图格其，从现在开始要下凡到人间投胎转世去吧！在凡间，你到十五岁之前，要以觉如的名字生活。到了十五岁，你将是威震十方的格斯尔可汗！为世间万物生灵铲除妖魔鬼怪、惩奸除恶、造福众生，使黎民百姓安居乐业吧！"

天神之子威勒布图格其告别在场的众天神，深深地向汗霍尔穆斯塔父亲鞠了一躬，为下凡来到人间而离开了天庭。

英雄降生人间

那时，草原上有图萨、通萨尔、岭三大部落。

图萨部的诺颜叫桑伦，性格胆小又懦弱，他惧怕他的弟弟岭部落的朝通，不敢与他作对，却又对自己家里的妻儿横眉竖眼。通萨尔部的诺颜叫查尔根，他为人心地善良，胸怀家园、能与兄弟和睦相处，不会欺软怕硬，会帮助弱小且通情达理。岭部落的诺颜叫朝通，他诡计多端、阴险毒辣，常用权术玩弄别人甚至亲兄弟，同时也厚颜无耻，是个好色之徒。他们兄弟三人中，朝通由于骄横跋扈，占了绝大部分牲畜与财物，比两个哥哥更为财大气粗。

一天，朝通诺颜找到其他两个诺颜那里，搬弄是非地说道："据可靠消息，邻部苟巴彦将要过来袭击我们。我们还是先联手攻打苟巴彦比较妥当。打赢了，财物三人平分。不过，苟巴彦之女那美丽的格格莎阿木尔吉拉就得归我，如何？"

桑伦与查尔根诺颜自知与朝通作对无果，只好与其联手攻打苟巴彦的部落。桑伦诺颜领兵冲锋陷阵，查尔根诺颜率兵攻打中路，朝通诺颜则率领后方的部队。他总是东张西望、时不时派人查看前方激战，等到大部队攻破了对方阵容，开始抢夺财物时又摆出一副拼命的架势，耀武扬威地指挥众人掠夺财物。

苟巴彦的部落里，可怜的格格莎阿木尔吉拉想要随着众人急急忙忙逃跑时，被大石头绊倒，摔断了髋部，以至腿脚受伤无法逃跑，最后被俘获。心狠手辣的朝通诺颜立刻显露本性，毁了之前的协议，把所有的土地、牲畜以及财物都据为己有。他还大言不惭地对桑伦诺颜说道："所谓人有长幼、衣有领袖。我尊敬你哥哥，将那苟巴彦之女格格莎阿木尔吉拉让给你做夫人吧。虽说她的一只脚跛了，但她依旧美艳动人啊！"

桑伦诺颜很是同情那姑娘，就把她带回了家。两人结为夫妻，经过一段时间的悉心照料，那姑娘的腿伤痊愈了。格格莎阿木尔吉拉又变得如从前一般，行动矫健自如、姿容艳丽动人。

朝通诺颜见格格莎阿木尔吉拉变得如此美丽，就起了歪心思。

他嫉妒桑伦拥有如此美丽的妻子，于是想要抢走她。他几次三番劝说格格莎阿木尔吉拉抛弃桑伦追随自己，但那姑娘说什么也不肯。他又拿出诺颜的权势威胁她，依然遭到了那姑娘严厉的拒绝。

对此朝通诺颜心存怨恨，冥思苦想一番后，找到了赶走他们的借口。他召集人群大声说道："桑伦与格格莎阿木尔吉拉两人成婚至今，未能生出一儿半女，世间如此混乱，他们这样会给我们三个部落带来严重的灾难！"

朝通诺颜鬼话连篇，但许多人听到他的话却信以为真，顿时喧嚣叫嚷起来。"应该把他们赶走，免得大家遭受苦难！"

于是，朝通趁热打铁将桑伦夫妇叫到面前，对他们说道："我听说各部落的一些人已经联合起来，要杀害你们。因为你们是世间祸乱的根源，会给各部落带来多灾多难。不过，谁叫我是你们的亲戚呢，肯定会帮助你们躲过劫难的。现在，为了避免麻烦，你们俩先离开这里，去三河交叉口生活一段时间。你们到达那里，可以捡一些柴火取暖，也可以捕一些野兔充饥，不会饿死的。而且，我也不会让你们空手而走。

我给你们：一峰豹花母骆驼带着一个豹花骆驼羔、一匹豹花母马带着一个豹花马驹、一头豹花母牛带着一个豹花牛犊、一只豹花绵羊带着一个豹花羊羔、一条豹花母狗带着一个豹花狗崽。

你们要心存感激之情。再给你们一顶帐幕吧，虽说有些破旧，也能住人，总比没有强。桑伦哥哥的所有财产先由我给你看管，你们赶快准备出发吧！"

桑伦面对如此横行霸道的弟弟朝通毫无办法，他也惧怕被人迫害，就默默地带着格格莎阿木尔吉拉到了三河交叉口。他俩被放逐到三河交叉口的光秃秃的荒漠中，搭起朝通给的那顶破烂帐幕，开始了他们的生活。桑伦每天出门放牧，顺便捕猎一些野兔或野鼠来充饥，而格格莎阿木尔吉拉每天走进森林，去拾捡那些掉落的干树枝，背来当柴烧取暖。

一天，格格莎阿木尔吉拉照例拾柴回家时，突然听到了一个声音。

"十五日夜晚，你们家会出生三个女孩，之后会生下一名男孩，这个男孩将会是平定这乱世的英雄！"说完，这个声音就消失了。格格莎阿木尔吉拉感到非常吃惊，她想要再次确认那个声音，却怎么也找不到那个声音源自哪里，只好回家去了。

到了十五日的早晨，格格莎阿木尔吉拉对丈夫桑伦说道："今天，你就待在家里吧！我总感觉要发生什么事情，心神不安。要是你在身边的话，我可能不会那么恐惧，也会安心一些的。"

丈夫桑伦很是古板，他对忐忑不安的妻子说道："我不能这样做。如果，我休息一天，这几头牲畜怎么养？野兔野鼠谁来捕捉？没有这些东西，我们两个吃什么？今天不会发生什么事情，你就不要再胡思乱想了。要么出去捡柴火，要么就待在家里吧！"他说完拿起套索，赶着牲畜出门去了。

太阳从东边冉冉升起，再慢慢地落下。天将黄昏时，美丽的格格莎阿木尔吉拉生下了三个女婴。这三个孩子长得像水晶宝石般晶莹剔透、光彩照人。就在那个时候，天空中出现锣鼓敲响的声音，有三头水晶般洁白的大象，身上套着金光灿灿的鞍子，随着锣鼓的响声，驾着云朵从天界缓缓而下。那三头大白象慢慢地来到三个刚出生的婴儿面前，屈腿跪在地上，那三个孩子立即爬上了大象的背上。那三头大白象一眨眼的工夫就升到了天空，向着须弥山的方向去了。

格格莎阿木尔吉拉非常吃惊，眼看着自己的三个孩子骑在大象的背上向天界而去，她悲痛万分，失声痛哭起来。

"呜呜！我是多么可怜又多么可悲呀！为什么要带走我的三个孩子呢？好不容易有了这么光洁如玉的三个孩子，都被带走了。作为一个母亲，我还没有亲手好好抱一下她们，还没有好好抚摸疼爱一下她们，就这样分离了！"

突然，肚子里传来一个孩子的声音："妈妈，我在这里！让我出去吧！"刚刚听完这话，格格莎阿木尔吉拉还没有缓过神来，她的肚子就开始疼起来了，疼得很厉害，不一会儿，生下一个小男孩。这个孩子出生的姿态很不寻常，他圆睁着左眼、怒瞪着右眼，紧握着左手拳头却高举着右手，伸直着左腿却翘起了右腿。那四十五颗洁白如玉的牙齿，已经长在嘴巴里却紧紧地咬着。

格格莎阿木尔吉拉看着姿态怪异的小男孩，感到更加的沮丧。

她哭丧着脸对着小男孩说道：

"哎呀！我要怎么办才好啊？前面生下的三个女孩子可想而知是神灵转世的，所以我一个都留不住呀！这个孩子难道是魔鬼转世吗？姿态如此奇怪，却最后生下来，是要留在我身边？连自己母亲的脸都不能直视的孩子，如何是好啊？"

格格莎阿木尔吉拉正在一个人喃喃自语的时候，小婴儿站起来，转向母亲，用老虎嗥叫般粗大的声音说道：

"妈妈！不要被我的姿态吓倒。

"我怒瞪着右眼，

"是为了寻找出世间作恶多端的百鬼众魅。

"我圆瞪着左眼，

"是为了知晓世间所发生的一切或即将要发生的一切。

"我高举着右手，

"是想镇伏一切反抗者和仇敌，给予他们严厉的警告。

"紧握着左手拳头，

"是想大权在握、统揽世间、主宰天下并治理天下。

"我翘起右腿，

"是为了弘扬佛法、告诉世人佛祖的教诲一直照耀到天边。

"我伸直着左腿，

"是为了根除十恶之源，彻底洗净一切毒害。

"我紧紧地咬着洁白如玉的四十五颗牙，

"是为了震慑世间所有的邪恶妖魔和蟒古思。"

格格莎阿木尔吉拉听完孩子的诉说，感到非常吃惊，便说道：

"哎呀！真是不得了啊！我活到现在，只是听说小孩子出生时闭着眼睛，嘴巴呱呱地喊着表示来到人间，哪有这样一出生就嗷嗷喊叫、伶牙俐齿、喋喋不休并活蹦乱跳的孩子呀！真是见鬼了！"

正当母子二人互诉不满时，外出放牧的桑伦回来了。他赶着几头瘦弱的牲畜，把今天捕到的猎物挂在背上，向着破旧不堪的帐幕靠近时，就听到里面时而传来妻子的声音，时而又传来老虎咆哮般的声音。

桑伦感到奇怪，踏步走进帐幕问道："这是怎么回事？这样喊叫的声音远处的海边都能听到了。你在跟谁说话？"

格格莎阿木尔吉拉因痛失三个孩子感到悲哀，又生下一个会说会走的孩子而感到不知所措，在看到丈夫桑伦后，气不打一处来，便愤恨地说道："你这个老头！真是气死我了。我今天那么恳求你待在家里不要出去，你却执意要出门。这下好了，我生下三个晶莹如玉的女孩子，结果她们三个是神灵转世，出生后不久，伴随着隆隆的鼓声，天界下来一头大象把她们接走了。最后，生下这个孩子，他就是魔鬼转世吧，一生出来就对着我信口开河、喋喋不休地说着话。你看他那满口的大白牙，弄不好我会被他咬死也说不定啊！"

桑伦听了妻子格格莎阿木尔吉拉的话，转头看向家里的这位"不速之客"。老头看着那个小男孩儿，说道："哎呀！你这说的是什么话！张口闭口说自己的孩子是魔鬼。我告诉你，今天我套了八十只野兔。把这几头牲口也喂饱了。在这之前，离家近的地方根本没有野兔之类的小动物。可谓寸草不生。今天却是如此满载而归。难道不是这孩到来的原因吗？不管怎么说，既然是自己的孩子，就把他养大成人，给他取名叫觉如吧！"

十方圣主格斯尔可汗就这样在人间出生了。

第二章 从摇篮中开始征服妖魔

消灭六个魔鬼

觉如出生时，世间妖魔横行、肆无忌惮地伤害着黎民百姓。尤其是魔鬼们喜欢装扮成年轻人，蒙蔽人们的双眼，从而轻而易举地进入百姓的家里，肆意破坏、残害生灵。

桑伦和格格莎阿木尔吉拉决定抚养这个孩子并开始好好地喂养他。

两天后的晚上，婴儿又开口说话了。

"明天，早晨太阳升起之前，父亲你一定要把我放在摇篮里哄睡。那时，我会哭泣。而且会一直哭闹。父亲越是用力摇着摇篮，我就会越大声哭闹。当红日升上天空的时候，我们家里会过来六个年轻人！他们听到我的哭声，会问：'这里是什么？'那时父亲你要这样回答：'是一个孩子。我们也不知道这个孩子怎么了？一只手高高地举起、一条腿高高地抬起，哭个不停。你们有什么办法能让他停止哭泣吗？还有什么办法治好他的手脚吗？'他们会过来了解我的情况，那时候我会把他们全部消灭的。"

第二天拂晓时分，小婴儿开始号啕大哭起来。父亲桑伦把他放到摇篮里面，一边摇着摇篮一边同他说话，试着想要安抚他，但都无济于事。这样婴儿反而哭得更大声了。

太阳升起的时候，按照男孩说的，六个魔鬼变成的年轻人，走进了破旧的帐幕里。他们指着摇篮问桑伦："这是谁？他怎么伸直舌头哭泣呢？"

桑伦看着哭泣的孩子无奈地说道："这是我们的孩子。我们也不知道这个孩子怎么了。手一扬、脚一抬，就哭个不停。你们能让他停止哭泣吗？还有，你们能治好他的手脚吗？"

那六个青年回答道："是的，我们可以。"

桑伦把孩子从摇篮里抱出来，递给了站在最前面的那个魔鬼，他长着黄色的头发、伸着长长的舌头，胖胖的身体。

那个魔鬼接过孩子，正在端详着孩子的小脸时，男孩把魔鬼的长舌给咬断了。那魔鬼"呜呜呜"地发出声音，怎么也无法说话，就转过身把孩子递给了站在他后面的那个魔鬼。

第二个魔鬼，长着红色的头、瞪圆了的眼睛，细长的身体。就在这个魔鬼想要抓住男孩高举的那只手的一刹那，幼小的男孩用另一只手把魔鬼瞪圆了的眼睛戳了一下。魔鬼吓得大惊失色，着急忙慌地把男孩扔给了他身边的那个白色头发、煞白大脸、虎背熊腰的第三个魔鬼。

当那个魔鬼试图把男孩翘起的一条腿往下压时，小男孩伸出手脚，狠狠地打了一拳，使那魔鬼无法站立、向后仰倒在地上。那个魔鬼在摔倒下去时不由自主地把男孩向上抛了出去。男孩快要掉到地上时，忽然直挺挺地站了起来。他迅速走过去将那摔倒在地上的魔鬼一脚踩死之后，随即用双手狠狠地击打那些后面排队站立的三个魔鬼，用双脚狠狠地踩死了他们。

最先进屋的那个被咬断舌头的魔鬼，此时回过神来，他咬牙切齿地扑向幼小的男孩，小男孩看着他说道："你们以治病当幌子，残害了多少孩子，今天我要把你们全部除掉，让世间的孩子们无忧无虑、健康安稳地成长！"说完他抬脚狠狠地踩了上去，那个魔鬼一命呜呼了。

那个被戳中两只眼睛的魔鬼，高声地叫嚷着要复仇："你这个不知好歹的东西，你趁着我们不备，把我们当中最有法力的兄弟都打死了。我一定要让你付出惨痛的代价！"他猛地冲过来，想要抱住男孩与他同归于尽。但小男孩很淡定地站在原地，等到魔鬼靠近时，伸出右腿狠狠地一踢，把那魔鬼踢出了帐幕。魔鬼想要再次起身攻击，无奈男孩力气巨大，看似只踢了一脚，却有千斤重的石头压着一般，他怎么也没能爬起来，就这样死掉了。

消灭这些恶魔后小男孩自己进到摇篮里躺了下去。桑伦和莎阿木尔吉拉格格看着小男孩的如此举动，目瞪口呆、惊异万分。但他们也深感自豪，因为他们的孩子与众不同，不是一个普通的孩子，而是有着超凡神力的孩子。

十方圣主格斯尔可汗，在他降生于人间的仅仅三天后，就这样消灭了恶毒的六个魔鬼。

征服魔鬼大鸟

摇篮里的觉如一天天地长大了。他出生来到人间已过了三周的时间。

那时，有个魔鬼化作的两只大鸟，它们会寻找婴儿，并将婴儿的眼睛戳瞎后再杀死婴儿。魔鬼的两只大鸟听说格斯尔在人间出生了，就准备来戳瞎他的眼睛。

觉如施展法术知道了它们的图谋不轨，因此，有一天晚上，在临睡之前，对母亲说道："妈妈！在我的奶瓶子里装满奶，日出前夕，把我放进摇篮里，放在那遥远的路边！直到太阳落下，一直放在那里！"

母亲惊慌地说道："把摇篮里的孩子放在路边怎么行啊？这附近，总有两只大鸟飞来飞去，好像在觅食，又像是在寻找什么东西。如果它们把你吃掉怎么办？这太危险了！"

孩子回答说："妈妈，你就按照我说的做吧！否则，我就不做你们的儿子了！"

第二天，太阳升起之前，桑伦和格格莎阿木尔吉拉，按照他们儿子的要求，把他放进摇篮里，放到了那条很远的道路旁边。

中午时分，两只大鸟飞过来了。它们宽大的身躯粗壮如公牛，全身有着乌黑的羽毛、翅膀特别大，还有尖尖的铁嘴和两只坚硬如铁的爪子。

两只魔鬼大鸟，盘旋在空中观察一会儿，就飞落在小男孩儿摇篮的两旁，窥视着男孩儿的一举一动。

它们异口同声地说道："这孩子将来会成为我们惹不起的非凡的人。如果我们放任这个孩子不管，他就会茁壮成长起来，到时他会来除掉我们。我们今天一定要戳瞎他的两只眼睛，以绝后患！"

觉如听到了它们的对话，不禁出声道："你们俩从大老远飞过来也累了吧，这个大铁嘴不重吗？因为这个大铁嘴，什么东西都能狼吞虎咽，不如我把这个大铁嘴给你们扯下来，送给你们骨头嘴，如何呀？"

两只大鸟惊讶于小男孩听懂了它们的对话，而且要改造它们，心生胆怯，但还没来得及把铁嘴藏起来，觉如就把它们的铁嘴给扯掉，装上了骨头嘴。

两只魔鬼大鸟瞬间失去了坚硬锋利的铁嘴，于是非常恼火地想要用硬邦邦的铁爪子去砸碎那个小男孩。小男孩见此情形，伸出那双短小的看似无力的双手，施展法术，"你们这两只魔鬼大鸟，用你们的铁爪子，想要将世间所有的东西都撕碎，撕得七零八落才满意，是吧？那就不要怪我，你们既然注意到了我，我就不会放过你们！给你们一双骨头爪子吧！"

两只大鸟被觉如的话吓到，想要逃走，却被觉如抓过来，把它们的两只粗硬的铁爪扯掉，并为它们接上了骨头爪子。

觉如施展法术给两只魔鬼大鸟分别做了与如今的大鸟一样的骨头嘴和骨头爪子。那两只大鸟身上乌黑浓密的黑色羽毛变得稀薄、粗壮如公牛般的身躯变得矮短而弱小、两只特大的翅膀变得又短又柔。它们头部尖利的铁嘴变成了骨头嘴、它们的两只坚硬的铁爪子变成了骨头爪子。它们在小男孩的摇篮上空飞了三圈后便默默地飞走了。

十方圣主格斯尔可汗在降生于人间的三周后，就把两只残害婴儿的魔鬼大鸟征服了。

征服大黄蚊子

那时，在那遥远的三座山谷里，住着一头公牛般巨大的黄蚊子。

那只蚊子有一根尖利如矛的骨针，它的腿骨像马的腿骨一样坚硬粗大，公牛般大的身体潜藏着巨大的力量。那只黄蚊子是一个魔鬼的化身，对世间发生的事情有着未卜先知的能力。那只黄蚊子为了养活自己庞大的身躯，经常猎食三座山谷附近的野兽和勤劳的百姓，给周围的民众带来了极大的恐惧和危害。

格斯尔可汗降生在人间时，那只蚊子便知道了。

它说道："如果那个老头的儿子长大成人，他将成为震慑世间所有邪恶灵魂的英雄，他会主宰人间。到那时，那个孩子肯定会来铲除我，趁现在他还幼小，倒不如我先去把他消灭掉。我要吸干他的血，除掉他，以绝后患！"

它变成了一个满身是腿、满嘴是胡须、满身是羽毛的黄色大怪物。它出现在觉如家那顶糟糕的帐幕顶上。它以公牛般大的身躯站在破旧的帐幕顶上时，觉如家的破帐幕差一点就塌了下来。而那只大蚊子，伸出一根尖利的骨针，试图要刺穿帐幕的破布，刺向里面摇篮里的孩子。桑伦看到那只大蚊子非常吃惊又惧怕，他哆哆嗦嗦地说道："那是什么怪物？我们遇到危险了，现在怎么办啊？"莎阿木尔吉拉格格也看见了，合起双手来祈祷："佛祖保佑！佛祖保佑！"

刚满三个月大的觉如，长得像四岁小孩那样高大了。

他对母亲说道："妈妈，没事的，不用担心！"

屋顶的那只大蚊子听到觉如的声音，把那根又硬又尖的骨针从屋顶往里刺进去，企图刺向摇篮里的孩子。觉如从摇篮里面跳出来，走到墙壁处拿起挂在墙上的那把弓箭，使出全身的力气拉了起来。觉如射出的箭飞旋着射向那只魔鬼大蚊子，箭穿过破旧的帐幕棚顶，稳稳地落在蚊子身上时，那只蚊子发出一声巨响，从帐顶掉落到了地面。它的身躯变成了九千九百九十九只小蚊子，飞向了四处。

那些小蚊子嗡嗡地飞过来，试图要刺在觉如的身上。看到这里，觉如高声地喊道："三位神姊！快快下来吧！"在天界的格斯尔的三位神姊听到了觉如求救的声音，立刻化身为一只杜鹃鸟，来到了觉如的前面。那只杜鹃鸟展开翅膀，将小男孩护在羽翼下，走了出去。离开帐幕后，杜鹃鸟飞走了。觉如施展法术，在空中刮起了一股旋风。这股旋风吹过来的时候，那些数以百计的小蚊子在风中飘飘荡荡，最后随着旋风的消失而不知去向了。

剩下的一小部分狡猾的小蚊子"嗡嗡嗡嗡"地响着，挣扎着要过来刺向觉如的胳膊或腿脚。觉如一只眼睛圆瞪着、一只眼睛怒瞪着看向这些图谋不轨的蚊子，这些小蚊子被觉如的气势镇压住，无法靠近觉如的身体。觉如指着这些可恨的蚊子说道："从今以后，想要在这世间生存下去，就让你们那干瘪的肚子越来越干瘪，让你们那瘦弱的身躯越来越颤抖吧！"

觉如的话刚刚说完，那些蚊子的声音变得越来越低沉，"嗡嗡嗡"地飞来飞去，不一会儿全部飞散了。

十方圣主格斯尔可汗在降生于人间的三个月后，就把一只祸害人畜的公牛般大的恶魔蚊子征服了。

打死魔鬼乌鸦

十方圣主格斯尔可汗还在摇篮之时，铲除了化身青年的六个魔鬼，征服了两只魔鬼大鸟和公牛般巨大的魔鬼蚊子，至此，世人过上了一段安稳的日子。

　　世间人们过上平静的生活，而阴暗处的恶鬼们知晓了格斯尔的降临后，想方设法要除掉他这个英雄，好让世间恶魔横行、无拘无束。

　　那时，有一个魔鬼躲着世人的目光，住在人间的一片茂密的森林里，那是一个伸手不见五指的隐秘的地方。这个魔鬼心生除掉格斯尔的邪念。觉如一岁的时候，它变成了一只魔鬼乌鸦，来到了桑伦家。

　　那天，太阳升起前，桑伦赶着几头牲畜去放牧。最近一些时日，不知为何这几头牲畜越来越瘦弱，几近濒临饿死的地步。莎阿木尔吉拉格格这一天也到野外拾柴去了。

　　一岁的觉如独自一人守在破旧的帐幕里面睡觉。魔鬼乌鸦嗅着孩子的气味找了过来。觉如凭他神奇的法术，预感到魔鬼乌鸦来了。他一只眼睛紧紧地闭着，一只眼睛睁得很大，在睁大的眼睛上方放好九股铁索套绳，把套绳的一端藏在了自己的手中。觉如做到万事俱备，就等着魔鬼乌鸦过来自投罗网了。

　　当魔鬼乌鸦俯身用那尖尖的喙企图要啄瞎孩子睁着的眼睛时，觉如将藏在手里的套绳的一端使劲拉住了。魔鬼乌鸦的头被套住，动弹不得，觉如一跃而起、抓住它，拿出他从天界带下来的六十三斤重的小钢斧，把魔鬼乌鸦打死了。

铲除魔鬼喇嘛

觉如两岁时，又一个魔鬼决心除掉格斯尔。他变身为一个老喇嘛，来到桑伦家。那只魔鬼化身的喇嘛长着狗嘴，嘴里长满了山羊般的牙齿。

那老喇嘛企图以灌顶为由，用手抚摸两岁觉如头顶，装成灌顶赐福的样子，从而接近孩子，咬断孩子的舌尖，把孩子变成结巴。那个魔鬼喇嘛要来家里的事情，觉如早已未卜先知，就等着他过来自取灭亡了。

魔鬼喇嘛走进屋子时，觉如什么也没说，紧紧地咬着那洁白如玉的四十五颗牙齿躺着装睡。魔鬼喇嘛对着桑伦说道："快把孩子抱起来，我给你家孩子灌顶赐福！"桑伦急忙将孩子竖着抱了起来。

魔鬼喇嘛一手抚摸着孩子的头部，假装虔诚地给孩子灌顶，另一只手撬开孩子的嘴巴，想要把手指插进紧闭的牙齿中间。但是，不管他怎么用力都无济于事，他根本撬不开孩子的牙关。他转头看向莎阿木尔吉拉格格问道："你们家孩子出生时，难道没有长舌头？为何紧咬着牙齿不松开？"

格格莎阿木尔吉拉看着孩子无奈地回答道："这个孩子生下来一直哭，哭累了就睡觉，而且咬牙切齿的，不知道是怎么回事啊！"

魔鬼喇嘛把自己的舌头伸出来，觉如凭借神奇的法术，早就看穿了他的意图。魔鬼喇嘛对桑伦和格格莎阿木尔吉拉说道："这孩子的舌头有点毛病。让他稍微舔一下我的舌头，就会好起来的！"说完，魔鬼喇嘛就把自己的舌头塞进孩子的嘴巴里。刚开始，孩子咬紧牙关，绝不舔那魔鬼喇嘛的舌头。此时，魔鬼喇嘛全身的注意力都在如何让孩子松开牙关，并没有观察到孩子得意的眼神。

过了一会儿，觉如微微松开牙关，吸进魔鬼喇嘛的舌头稍微地吮吸了几下。魔鬼喇嘛心想："现在要趁机咬断这个破孩子的舌头，好完成心愿！"他贪得无厌地把整个舌头放进觉如的嘴巴里，趁机想要咬断觉如的舌头。觉如假装吮吸着，突然张大嘴巴，猛地一咬，就把魔鬼喇嘛的舌根咬断了。

十方圣主格斯尔可汗就这样轻而易举地又消灭了一个化身为灌顶老喇嘛的魔鬼。

消灭大鼹鼠精

觉如三岁时，有一只万恶的鼹鼠精，长成公牛般庞大，时常过来扰民。

它啃翻草皮、破坏土壤、危害庄稼又毁坏牧场。只要是那只鼹鼠精去过的地方，看不到平坦的地面，庄稼被破坏、花草被践踏，人们生活在水深火热之中。

那个罪魁祸首的大鼹鼠精，有一天，竟敢来到觉如家附近，翻啃着地皮进行大规模破坏。桑伦特别苦恼，担心那剩下的几头瘦弱的牲畜没有草场可以放牧了。

觉如凭借着法术知道了这一切，决心要给这个十恶不赦的鼹鼠精一点厉害。他变成了一个放牛的老头，走到鼹鼠精出没的那个地方。当鼹鼠精啃翻地皮到他前面的时候，他手持斧头便立刻追赶过去。这个可恶的鼹鼠精，瞧见一个老头拿着一把小斧头，很是轻蔑，不以为然地威胁老头道："你这个不自量力的老头，以为能抓到我吗？最好回去放你的牛，否则我就把你的牛埋到地下去！"

老头愤恨地说道："你这个可恶的东西，有本事就站在那里别动！我会杀了你！"那鼹鼠精突然身体变得庞大如牛，围着老头身边糟蹋地皮。一副"你奈我何？"的样子。那老头把六十三斤重的小钢斧变成九十三斤重的大钢斧，在鼹鼠精两角中间的额头猛地一击，鼹鼠精倒下去了。

看着倒下去的鼹鼠精，老头又变成幼小的觉如，回到了破旧的帐幕里。

十方圣主格斯尔可汗，铲除了三个凶恶的魔鬼，造福百姓、百姓安居乐业。

第三章 兄弟三人惹是生非

施法繁殖牲畜

十方圣主格斯尔可汗征服了十恶不赦的三个凶残的魔鬼，为民众铲除了祸害。

百姓的生活平安喜乐，过得越来越好起来。桑伦家也一样。家里的几头瘦弱的牲畜开始繁殖，一个接一个地产犊生羔了。

母羊产下了雪白色的羔羊，一身晶莹剔透的绒毛，很是可爱；

母马产下了枣骝色的马驹，一身油光闪闪的鬃毛，很是英俊；

母牛产下了花白色的牛犊，一身柔软细腻的毛发，很是淘气；

母狗产下了花黑色的狗崽，长着青铜嘴，尖长耳朵，很是凶猛。

觉如茁壮成长，能够帮助父亲桑伦放养牲畜了。一天，觉如照常出去放牧，守着他们家那几头瘦弱的牲畜。他在放牧途中，赶着牲畜来到湖边，趁着牲畜喝水的时候，他到附近转悠。他拔了三七二十一根芦苇，三七二十一根芨芨草，三七二十一根针茅草，三七二十一根柠条。

觉如用那二十一根柠条抽打了浑身长满疥子的母骆驼，边打边说："多多地、快快地繁殖吧！祝福你产下比草原上的柠条还要多的驼羔吧！"

接着，他用二十一根芨芨草抽打了老弱的母马，边打边说道：

"多多地、快快地繁殖吧！祝福你产下比草原上的芨芨草还要白的马群吧！"

接着，他用二十一根芦苇抽打了瘦骨嶙峋的母牛，边打边说道：

"多多地、快快地繁殖吧！祝福你产下尾巴如芦苇叶子、毛色如芦苇花一样漂亮的牛犊吧！"

最后，他又用二十一根针茅草抽打了瘦弱发懒的绵羊，边打边说道："多多地、快快地繁殖吧！你产下的羊羔都是金子呀，你要产下如针茅草般茂密繁多的羔羊吧！"

觉如大显身手，施展法术抽打着自家的几头牲畜。没过多久，觉如抽打的牲畜按照他的意愿下崽繁殖起来。浑身长满疥子的母骆驼繁殖出了比草原上的柠条还要多的驼羔；老弱的母马繁殖出全身长有发亮马鬃的马驹；瘦弱的母牛繁殖出尾巴如芦苇叶子、毛色如芦苇花一样漂亮的牛犊；瘦弱的绵羊又繁殖出了如草原上的针茅草般繁多的羊羔。觉如如愿以偿地看着越来越多、变得数不胜数的牲畜。

看到六畜兴旺，莎阿木尔吉拉格格为觉如的才能感到自豪。

桑伦也对六畜兴旺的光景感到无比欣喜。他不禁感叹："如今牛羊成群、家中牲畜日渐增多，这就是我的福分吧！"

听到丈夫的话，格格莎阿木尔吉拉也随声附和道："就是啊！自从觉如开始放牧后，家畜变得越来越多，这是你的福分，也是我们家的福分啊！"

建造新的家园

觉如施展神奇的法术，使牲畜兴旺繁殖后，桑伦家看守牲畜的人手逐渐不够了。

格格莎阿木尔吉拉给桑伦出谋划策，让他去找几个牧马人，同觉如一起放牧。但是被桑伦拒绝了。桑伦指着觉如说道："这么多的牲畜你独自放牧确实不容易，这样吧，明天开始我和你一起去！"他的话音刚落，觉如就指着远处骑马往这边飞奔而来的身影说道："那边有谁过来？"

桑伦端详了一下，认出了那两个骑马过来的人。他们是桑伦寄留在大部落的两个儿子——扎萨和荣萨。这兄弟两人是桑伦的前妻所生，两人来到桑伦家破旧不堪的帐幕前面，下马走过来拜见了他们的父亲。不等桑伦询问他们找过来的缘由，他们就说道："我们不愿意给朝通诺颜当奴隶，那样太可怜了！我们两个是想方设法逃跑出来的，我们跟随父亲生活吧！"

前妻所生的两个儿子找过来后，桑伦家破旧的帐幕已经容不下这么多人了。

有一天，觉如跟父亲商量道："父亲！两个哥哥过来后，家里的人口增多了。现在的帐幕已经无法容纳我们这么多人了。与其这么拥挤地住着，不如建造新的住处，舒适地过日子吧！"

桑伦听后，沉思片刻便说道："觉如说出了我的心声！就这么做吧！"他同意了觉如的提议。

于是有一天，他带着扎萨、荣萨和觉如去山里砍木材。桑伦挑选了几棵笔直且表面平整的大树砍下。觉如凭借着法术将那几棵大树直接变成了蒙古包的乌尼和哈那，摆放在地上。

桑伦继续往前走，他终于找到比先前那几棵更笔直，表面更光滑的大树，刚要砍下去，觉如就施展法术，瞬间将那棵树变成带刺或者弯曲的大树。桑伦觉得很奇怪，心想："这可真是见鬼了！"当他再次准备砍倒下一棵大树时，原本笔直的大树又变成形状怪异的树木。如此反复几次，桑伦不但没有砍到任何木材，还把自己的手划伤了。这样一来，他扫兴至极，失去了砍伐木材的力气，闷闷不乐地说要回家去。

他对着砍伐工具一阵痛骂，嚷嚷着要回家。扎萨和荣萨也要跟着父亲回去。然而觉如却说道："父亲带着哥哥们先回去吧！我收拾一下你们砍倒的树木后再回去！"

桑伦带着两个儿子回家了。只剩下觉如一个人，他把父亲砍下的大树捡回来，施展法术搭建了宫殿般华丽的一座大毡房。

觉如回家后，气喘吁吁地对父亲说道：

"父亲，我把你们砍掉的大树都搬到一起，搭建了一座大毡房，我们可以搬过去住了。"

桑伦听了很是惊讶，便问道："我想要砍伐长得又笔直又平整的大树，结果就砍成了带刺的大树，还把自己的手划伤了。你是怎么做到把它们搬到一起，搭建起大毡包的？"

觉如好笑地点头说道："父亲，你砍掉的大树又笔直又平整，当然很容易搬运了。因为我身体还幼小，无力砍伐那些大树，只能用你砍掉的木材来作材料了，不信你们尽管去瞧一瞧！"

桑伦不敢相信觉如说的话，就派了扎萨和荣萨两个人去一探究竟。过了一会儿，他们两个过来汇报："觉如说的千真万确。"他们随着觉如去看的地方，确实建造了新的华丽的大帐幕。

于是，桑伦和格格莎阿木尔吉拉带着觉如兄弟三人住进了新毡房。

宰杀牛犊果腹

桑伦年事已高，加上三个孩子已经长大，就把放牧牲畜的活交给了扎萨、荣萨和觉如兄弟三人。

为此，兄弟三人要一起放牧了。他们每天都会很早起来，把牲畜赶到山脚下水草肥美的地方，过着和睦平静的生活。

一天，兄弟三人和往常一样去放牧，觉如突然感到了饥饿。

他对两个哥哥说："哥哥，我的肚子饿了。你们也饿了吧？这里有这么多牲畜，我们怎么能够饿着肚子亏待自己呢？宰个小牛犊来吃吧！"大哥扎萨一言不发坐在那里，默许了觉如的做法。可是二哥荣萨却赶忙劝说道："这可不行啊！要是父亲知道了就会骂我们、打我们，我们可以放牧，但不能宰杀牛羊吃掉的。"

觉如看着有点怯懦的荣萨说道："我真饿了。父亲要打要骂就让他冲我来。我来承担后果！好了，扎萨哥哥，去抓一头小牛犊来吧！"

扎萨听后不声不响地跑过去，默默地照觉如的吩咐抓来一头小牛犊递给了觉如。觉如把小牛犊杀死，把牛皮完整地剥下来，肉烤着吃了。觉如和扎萨两人享用了一顿美餐。

荣萨因劝阻过觉如，看到他们吃得津津有味，却无法开口要吃肉。他口水都流出来了，可怜巴巴地盯着觉如手里的肉。觉如最终不忍心看着他饿肚子，便把手中的肉递了过去。荣萨立刻把肉塞进嘴里，狼吞虎咽地吃起来，生怕别人抢走一样。

兄弟三人很快吃光了牛犊肉，就赶着畜群准备回家。扎萨和荣萨两人没有喘息的时间，跟在畜群后面狂奔。觉如慢慢悠悠地等到他们两人走远后，就把刚刚啃完的牛犊骨头捡起来装进了完整剥下来的牛皮口袋里面。他拽着牛尾巴，在头顶上空转了三圈，那个装进骨头的牛皮竟然奇迹般地复活了。觉如放开手中的小牛犊，那头小牛犊活蹦乱跳地跑过去，追到牛群后面跑远了。

夕阳西下，兄弟三人赶着畜群回家了。格格莎阿木尔吉拉给三个孩子盛饭。

觉如津津有味地吃着母亲盛给他的饭。然而扎萨和荣萨却靠在门框上，迟迟不过来吃饭。桑伦奇怪地问他俩："你们两个怎么不吃饭？"

扎萨沉默不语。荣萨对父亲说道："今天放牧时，觉如弟弟说很饿，就宰杀了一头小牛犊，烤着吃了。现在还撑着呢，吃不下。"

桑伦听了顿时火冒三丈地质问觉如："觉如，你说吧！荣萨说的是真的吗？"觉如说道："这不是真的，我不会撒谎！"

桑伦怒气冲冲地跑过去，拿起马鞭子就要抽打觉如，觉如一把抓住了他甩过来的鞭条，不肯放手，急得桑伦更是暴跳如雷。

格格莎阿木尔吉拉跑过来问道："这是怎么回事？为什么要鞭打觉如啊？"

桑伦很生气地对妻子说："这个死孩子，今天竟然宰杀牛犊吃了，还不承认。真是胆大妄为，我非要好好教训他不可。"说着就要抽出觉如手中的鞭角。

格格莎阿木尔吉拉听后斥责丈夫桑伦说道："你真是越来越糊涂了。你那群牛犊不是有数的吗？数一数不就水落石出了吗？你真是有点得意忘形了。你以为这畜群的增多是谁的功劳？没有觉如你能有今天漫山遍野的畜群吗？即使觉如真的宰杀了一头牛犊吃掉又怎么了？你有必要拿鞭子抽打他吗？"

桑伦无法反驳妻子的话，因为她说的句句在理，他转头走到外面去数了一遍牛犊。结果发现小牛犊一个也没少，数量齐全。

桑伦进屋后训斥荣萨说道："你这孩子为什么撒谎？撒谎的孩子会被人唾弃。今后，你再胡言乱语，当心我会扒掉你的皮，明白吗？"荣萨哑口无言，默默地承受了父亲桑伦的怒火。

再次宰杀牛犊

次日早晨，兄弟三人又赶着畜群去放牧了。放牧途中，觉如又让哥哥扎萨抓来一头小牛犊。和昨日一样，觉如把牛犊宰杀后，完整地剥下牛皮，肉烤着吃了。

这次荣萨并没有进行劝阻，而是自愿加入，和哥哥弟弟一起狼吞虎咽地吃掉了小牛犊的肉。只是这回荣萨长了心眼，他悄悄地割掉一块牛尾骨，藏在怀里。觉如将他的动作看在眼里，却未出声。荣萨装作若无其事的样子吃完肉就走了。

日出又日落，到了傍晚时分，兄弟三人准备赶着牛羊群回家了。扎萨和荣萨赶着畜群远走后，觉如像昨天那样，把吃剩下的牛骨头捡起来放到了完整的牛皮袋子里面。他拽着牛尾巴在头顶上空转了三圈后，装满骨头的牛皮袋子神奇地复活了。觉如将手中的牛犊放到地上，那小牛犊一跃而起，跑进了牛群里。

踏着夕阳的余晖，兄弟三人回家了。荣萨迫不及待地从怀里掏出一节小牛犊的尾骨，故意在父亲桑伦面前说道："今天觉如弟弟又宰杀吃了一头牛犊。这是小牛犊的尾骨，我的晚饭就是它了。"

桑伦听后立刻叫嚷道："你说什么？你还敢说谎？昨天我不是警告过你吗？"

荣萨为自己辩解道："昨天我说了实话，父亲没有相信。今天为了自证清白，我将觉如弟弟宰杀的牛犊的一节尾骨拿来了。就是这个，我正准备烤着啃呢！"

桑伦听了荣萨的话，看着荣萨手中带血的牛犊尾骨，信以为真，气急败坏地看着觉如大声怒斥道："觉如，你这个死孩子！你还有什么话可说？你这混账东西！"说着他便拿起马鞭子，想要抽打觉如。鞭子刚要碰到觉如身上，觉如就抓住鞭条，一把将马鞭子拽过来，将马鞭子向外扔了出去。

格格莎阿木尔吉拉闻声赶过来，责问丈夫桑伦："你这又怎么了？觉如怎么惹你生气了？"

桑伦对着妻子一五一十地转述了荣萨说的话。此时，荣萨唯恐天下不乱，他指了指火炉那边烤着的一节牛尾骨说："这就是证据！"

格格莎阿木尔吉拉看着牛尾骨对着丈夫桑伦说道："你真是愚蠢至极！你只听了荣萨的一面之词，却没有出去数一下牛犊的数量，一辨真假。出去数一数牛犊数量吧！免得冤枉了觉如！"

桑伦此刻冷静下来，想到自己确实鲁莽了，就默默地走出去，又数了数牛犊。小牛犊的数量齐全，并没有少一头。只是其中有一头牛犊的尾巴少了一节，正在流血。

桑伦断定有人割掉了小牛犊的尾巴，他急匆匆跑进来时，捡起觉如扔在外面的鞭子，狠狠地抽打了荣萨。他边打边大声呵斥道：“我一定要好好教训你这个孩子，你竟敢贼喊捉贼，明明是你自己割掉了小牛犊的尾巴，却诬陷觉如，你这个坏孩子！”

觉如听着桑伦的话觉得好笑，看着荣萨遭到无辜的殴打，却火上浇油地说道：“父亲就别打哥哥了。我呀！与其这样被陷害，还不如真宰了几头牛犊吃掉呢！”

荣萨被打，有苦却无处可诉。扎萨看着荣萨被打，默不作声。

觉如宰羊祭天

一天，兄弟三人跟往常一样放牧的时候，觉如从羊群里挑选了九只肥美的绵羊，抓到两个哥哥面前，将它们都宰杀了。他干脆利落地剥下了九只羊的皮子。他施展法术变出一口大锅，将羊肉放到了大锅里。

觉如搭建火堆，放上大锅的羊肉，捡来木柴后，开始生火。等到羊肉散发出香气扑鼻的气味时，他上前焚香膜拜，向天界的众神祈福道：“天界的霍尔穆斯塔腾格里父亲，三十三天尊，三位神姊和众多天界神灵，下界龙王，请听我虔诚的祷告！我是威勒布图格其。我遵佛祖的法旨，霍尔穆斯塔父亲的派遣来到凡间投胎转世了。我虽然变成了凡人的模样，但内心从未忘记过诸位神灵。今天，我以九只羊作为圣洁的祭品，供奉你们！向你们祈祷！请大家速速过来享用吧！"

天界的众天神听到后不禁感叹道："既然威勒布图格其邀请，我们就过去看看吧！"他们各个变成凡人的模样，从天界缓缓而来，在觉如准备的祭坛前止步，准备享用美食。觉如则高兴地迎接着天界的"宾客"，请他们入座。

看到这一切，扎萨默默无闻地坐着。荣萨却像被狗追赶的羚羊一样跑了出去。

荣萨气喘吁吁地跑到父亲那里描述了今天的所见所闻："觉如今天竟然宰杀了九只最肥美的羊。他不知从哪里找来了大锅，把羊肉放进锅里煮熟了。他嘴里还念叨着奇怪的话，什么'天界的神灵，下界的龙王'之类的。我一句没听清楚，现在也全忘了。不管怎么说，觉如说完后来了一群人，他们看着好像和觉如很熟，他们现在正享受着美食呢。觉如这家伙，竟然不去放牧了，在那里招待那些人。父亲，我估计现在他们把我们家的羊群都吃掉了吧！我是心疼羊群，所以跑过来告诉父亲的。"

桑伦听完荣萨的告状，顿时怒气冲天，拿起鞭子就往外走。嘴里说着："觉如，你给我等着！看我怎么收拾你！"

觉如这边，诸多天尊神灵享尽美味佳肴就起身回去了。觉如拿出煮熟的鲜美羊肉递给哥哥扎萨，扎萨接过来津津有味地吃了起来。觉如把那些吃剩的骨头，装在羊皮里面，像往常一样举过头顶上方，转了三圈就放到了地上。神奇的一幕发生了，那些羊复活了，好像什么也没发生似的，跑过去跟在羊群后面吃草。

夕阳西下，觉如和扎萨两人赶着畜群踏上了回家的路。扎萨还是默不作声，与觉如一起赶着牛羊群回来了。

桑伦这边，他拿着鞭子跑出去，想要抽打觉如，但是跑了一段时间连觉如的影子也没有看见。他无奈地返回家里，拿着鞭子在家门口走来走去，一副气急败坏的样子。觉如悠哉悠哉地走到门口时，桑伦举着鞭子不问青红皂白就打过去。嘴里还大声嚷嚷着："真是罪过呀！你这个死孩子，竟然宰杀九只羊招待那些人，你休想狡辩，你的所作所为，我已经都知道了。"

当桑伦的鞭子眼看就要落到觉如身上时，觉如用力拽下他手中的鞭子，抛向了天空。那力气之巨大呀！觉如扔过去的鞭子在空中完美地划出一个曲线，稳稳地扎进地下埋到了地下十五尺深的地方，从地面上什么也看不见了。

桑伦见觉如这样油盐不进，更是怒气冲天，一把拽住觉如的衣服和对方扭打起来。觉如也不甘示弱，和父亲桑伦大闹起来了。

听说屋外吵闹声的格格莎阿木尔吉拉赶忙跑了出来。她看到丈夫桑伦脸色阴沉，正恶狠狠地盯着觉如看。而觉如也是满脸不屑地看着桑伦。格格莎阿木尔吉拉连忙说道："哎呀！这是又怎么了？还动手了呢？"

桑伦对妻子说道："瞧你生的好儿子！听荣萨说今天他宰杀了九只羊吃掉了。这孩子还真是魔鬼转世吧！真是胆大妄为！自己想干什么就干什么。我只是想要用鞭子教训一下他，让他长长记性，他倒好，把我的鞭子抽走扔了。他还敢跟我动手，三番五次地把我摔倒在地上。哎哟！真是痛死我了！看我怎么收拾他！"

格格莎阿木尔吉拉听了桑伦的抱怨说道："你还真是小气！朝通给你的几头瘦弱的牲畜，靠着谁的功劳繁殖了如今漫山遍野的畜群？你还真是不明辨是非！听风就是雨，荣萨一而再再而三地诬陷觉如，这是第几次了？你没有想过？像你这么糊涂的人，疼死你活该！我上次就提醒过，遇事你不要先冲动，你可以去数一下羊群，看看数量对不对。如果真的少了九只，再惩罚觉如也不迟啊！"

桑伦跑出去数了一圈羊群，结果总数未变，一个都不少。桑伦转头看向荣萨训斥道："兄弟之间应该和睦相处。你却整天想着撒谎捉弄别人。你这个撒谎成性的混蛋，看我不打死你！"说着便找来马的缰绳抽打在荣萨身上。

格格莎阿木尔吉拉走到觉如面前说道："觉如呀！我苦命的孩子！你为这个家做了多大的贡献，我心里很清楚。荣萨想要离间你和你父亲，想要将你赶走，不劳而获得到一切，你还是走吧！我真是不忍心看到你再受委屈呀！"

觉如听了母亲的话，走到荣萨面前说道："你们来之前，都是我一个人放牧，一个人辛苦。也算是风平浪静地过日子。你来之后，视我为眼中钉肉中刺，一直想找机会诬陷我，我是怎么得罪你了？我让家里六畜兴旺，还建造了大毡房让你们居住，难道不对吗？如果按照你说的，我屡次宰杀牛羊吃掉，难道牛羊的数量不减少吗？你处处与我为敌，无中生有，也不知道究竟是为什么？"

荣萨无法反驳，他确实屡次告状，但也确实屡次失败，他也不明白为什么。他板着一张脸不说话了。桑伦看到兄弟之间反目成仇，怕今后鸡犬不宁，迅速打圆场说道："觉如说得有道理。荣萨你做得不对。今后，你要注意自己的言行，不要凭空捏造，若有下次，我必定饶不了你！"

觉如听着桑伦指责荣萨，什么也不说了。扎萨却扭过头低声笑了。

设法制服桑伦

兄弟三人经过前几次的事情，觉如和荣萨之间有了隔阂，已经到了水火不容的地步。桑伦嘴上说着要他们兄弟三人和睦相处，但心里却想着要搞清楚缘由。他还是偏向于相信荣萨的话，觉得荣萨不会说谎，但又找不到觉如的错误。于是，他决定将三个孩子分别带在身边去放牧，一探究竟。

第二天早上，太阳刚刚升起，他就叫醒扎萨，带着他赶着牛羊群走了。经过了一天的时间，相安无事，顺利地归来了。

次日，他带着荣萨去放牧。父子二人正赶着羊群时，遭到了狼的攻击，三只绵羊被狼抓走了。他们没有设防，失去三只绵羊很是惋惜，但是亡羊补牢、为时已晚，已经无力挽回损失了。

父子二人只好悻悻地赶着牧群回到家里。进屋吃完饭，桑伦对着妻子格格莎阿木尔吉拉抱怨道："今天荣萨放羊，惨遭狼来偷袭，居然让狼抓走了三只绵羊，真是可惜呀！"觉如听后，阴阳怪气地说道："父亲今天幸好没有带我过去，如果我去放羊，三只绵羊被狼抓走吃掉，父亲早就打得我皮开肉绽了吧！"桑伦怒瞪他一眼没有说话。

第二天，桑伦早早起来，便把觉如叫醒，带着他去放牧。他们赶着畜群来到山脚下，桑伦让觉如去放羊群。觉如施展法术将整座山尽收眼底，一丝风吹草动都逃不过他的眼睛。他安心地躺在草地上，嘴里哼着歌晒太阳。

突然，他看见一匹狼跟在羊群后面。觉如起身跑过去，对桑伦说道："父亲，羊群后面跟着一匹狼，看见了吗？"桑伦回答："看见了，这个畜生要攻击我们的羊群！"觉如接过他的话说道："父亲，既然这匹狼想要攻击我们的羊群，不如我们先下手为强，射死它吧！借此机会，正好和父亲比试一下箭法。父亲你先射！如果你射中了，就可以宰杀一只羊，独自享用羊肉，我一口都不吃；但是如果被我射中了，那我也要宰杀一只羊独自吃掉，如何呀？"

　　桑伦答应了觉如的提议。于是，桑伦拿出了弓和箭，瞄准一番，将箭射出去。他看着狼近在咫尺，殊不知狼真的是远在天边。这只是觉如施展法术的效果罢了。所以他射出去的箭连狼的毛都没打中。

　　觉如看着毫发无损的那匹狼对桑伦说道："父亲，轮到我了吧？"他站得笔直，拿起弓和箭，瞄准狼的脖颈，以闪电般神速射出了箭。那匹狼被射中，发出了惨烈的哀嚎声。他们两人走过去查看，确定狼被射死后，按照约定，觉如抓来一只羊宰杀了。他麻利地剥掉羊皮，将羊肉烤在火上，独自一人吃掉了。

　　桑伦感到很惊讶，他没想到觉如身体幼小食量却如此之大，一人吃掉了一只羊。事实上是觉如施展法术，变出很多人，一起享用了鲜美的羊肉，把羊肉一扫而空了。当桑伦去赶畜群的时候，觉如将狼皮剥下来拿在手中。等到父亲桑伦返回来的时候，他把狼皮递给桑伦说道："父亲，这狼皮给你吧，夜晚风大，容易着凉，你晚上盖在身上御寒吧！"桑伦接过狼皮，什么话也没说就走了。到了傍晚，父子二人赶着畜群回家了。

　　按照先前的做法，扎萨和荣萨跟着父亲去放牧后，很快又轮到了觉如。

　　这次，觉如跟着父亲去放牧时，看到一只喜鹊围着马群周围飞来飞去，一只狐狸在牛群的后面不远不近地跟着。觉如问父亲：

"父亲！喜鹊和狐狸为何总是绕着我们家的畜群打转，你知道吗？"

桑伦回答道："我怎么知道。"

觉如走到父亲身边胡编乱造地说道："父亲好好想一想就能明白。喜鹊围着马群周围打转是在寻找背部有疖疤的马匹，好下嘴啄烂疮口，让疮口不断溃烂，让马匹因疮而亡；而狐狸跟在牛群后面是为了攻击牛的腹部，好撕咬把牛吃掉。所以我们要射死喜鹊和狐狸才行啊！这样吧，父亲！我们也像上次那样比试射箭吧！看看谁有本事射死喜鹊和狐狸。谁赢了谁就可以宰杀一匹马和一头牛独自吃掉，而输了的人只能看着，绝不能吃一口。怎么样啊？"

桑伦看着近在咫尺的喜鹊和狐狸，以为他先射肯定能打中，所以就满口答应下来："行，就按你说的办。"

于是，像上次一样，还是桑伦率先拿出了弓和箭，准备先射死喜鹊后再射死狐狸。但是，这次他的弓和箭拿在手里感觉沉重无比，他怎么也举不起弓和箭。觉如看他迟迟不肯射出去，假装关心地问道："父亲，这是怎么了？你的脸色苍白，还能射箭吗？"桑伦瞪了他一眼，吃力地举起弓，拉开弓弦将箭射了出去。他的弓和箭之所以如此沉重，是因为觉如早已施了法术的缘故。

他的箭一飞出去，喜鹊闻声飞走了，他连喜鹊的羽毛都没打中。他想着狐狸近在眼前，肯定能射中。可是箭一射出去，狐狸猛地跑开了，他连狐狸的尾巴都没打中。

轮到觉如射箭了。觉如举起弓、拉开弓弦，把箭头对准天空的某处，猛地一放，不一会儿，他的脚下掉下来一只被箭射中的喜鹊。他又抽出了一支箭把箭头瞄准跑开的狐狸后面一射，那箭射中了狐狸的脖子，狐狸倒在地上不动了。觉如射死了喜鹊和狐狸，按照约定，他从马群里抓来一匹肥膘的骒马，从牛群里抓来一头肥牛，宰杀了准备享用。

觉如在剔肉的时候，心血来潮哼起歌来：

喜鹊呀！想啄马背上的疖疤飞过来了呦，

狐狸呀！想撕咬肥牛的腹部跟着来了呦。

老头呀！想要射死它们得意洋洋地来了呦，

射来射去却不知射出去的箭去哪里了呦！

桑伦看着觉如煮着马肉和牛肉，越想越生气。他看到自己的肥膘骒马和肥牛被觉如肆意宰杀，自己却只能看不能吃，气得咬牙切齿，想要教训觉如，想到射箭约定又硬生生地忍了下来。看着眼前发生的这一切，他恍然大悟，发现自己又轻而易举地中了觉如的计谋，便起身离开了。

桑伦离开后，觉如施展法术，变出一群人，大家狼吞虎咽地吃掉了觉如煮熟的马肉和牛肉。

晚上回到家，桑伦对妻子格格莎阿木尔吉拉告状："这个该死的觉如！他这是要吃完我们家牲畜呀！今天跟我打赌，他赢了。

他随意宰杀了一匹马和一头牛，转眼间自己全部吃光了。下次可能会宰杀我们吃掉吧！太可恶了。他不是魔鬼就是蟒古思，我可不敢单独跟他一起放牧了。看来，这三个孩子，只能想个法子，试探一下，看看以后能指望谁了。"

妻子格格莎阿木尔吉拉听后气呼呼地说道："哪有人这样说自己的孩子呢？"便转身走了出去。

桑伦试探三子

桑伦为了试探三个儿子，终于想到了一个办法。

一天，他在黎明时分出门打猎，套捕住了一只沙半鸡。他把沙半鸡装进了皮口袋里，系上口子把皮口袋挂在犏牛身上。他决定先试探扎萨。于是，他骑上了犏牛，让扎萨坐在自己的后面，两人出发去了野外。

途中，桑伦悄悄地把皮口袋的口子打开了，里面闷了很久的沙半鸡呼吸到了新鲜空气，立刻开始扑哧扑哧地骚动起来，突然"嗖"的一声飞出了袋子。犏牛受了惊吓，脖子使劲往后一仰，前蹄子往上高高地抬了起来。骑在牛背上的桑伦和扎萨父子两个人，毫无防备地重重地摔倒在地上。

桑伦顺势躺在地上，屏住呼吸、一动不动地装死。而扎萨以为父亲被摔死了，吓得大哭起来。他边哭边走到父亲面前说道：

"父亲呀！父亲，你这是怎么了？你死了我们家今后可怎么生活呀？父亲啊！你快快醒过来吧！"

扎萨哭得上气不接下气，哭了好一会儿，伤心地独自回家去了。

听不到扎萨的声音，桑伦悄悄地睁开眼睛一看，只见扎萨正往回走呢。桑伦只好起身，骑上犏牛回到了家里。扎萨看见父亲安然无恙地回来了，又惊又喜、脱口而出道："父亲，你还活着，真是太好了。"桑伦看了他一眼便默不作声了。

第二天，桑伦又牵来那头犏牛，将套捕过来的沙半鸡装进皮口袋，系上口子，和荣萨共同骑着犏牛出发了。途中，他又重演了昨日的一幕。当犏牛因受到惊吓而将他们父子甩到地上时，桑伦又开始装死，闭着眼睛一动不动。荣萨见此情景，立刻号啕大哭起来：

"父亲啊！父亲，快快醒来吧！你死了我怎么办啊？"边哭边拉着父亲的手，想把他拉起来。毕竟他年纪尚小，加上桑伦故意使劲紧绷着身体躺着，所以他没能将他父亲拉起来，哭着回家去了。

桑伦偷偷睁开眼睛，看着荣萨的身影，无奈地摇了摇头。随后他起身，跟在荣萨的后面骑着犏牛也回家去了。荣萨看到父亲安然归来，高兴极了，连忙说道："父亲你没死真是太好了！"

第三天，桑伦照例把觉如带在身边骑着犏牛出门了。途中，他们遇到了一个农夫在种地，而田头竖着的木桩上坐着一只喜鹊在四处观望。经过这个木桩子时，桑伦故技重施，放开了皮口袋里的沙半鸡。随着沙半鸡的扑哧声，犏牛受到惊吓，将他们父子二人甩到了地上。桑伦又装死，躺在地上，静静地等着觉如的动作。

觉如跳起来，跑过去拉住犏牛，将犏牛拴在木桩子上，来到了他父亲的身边。他看到父亲桑伦一动不动地躺着，就坐在地上，假装大哭起来。他的哭声惊动了周围的山林，山上的树木听得都不耐烦了。

觉如过了一会儿停止了哭泣，喃喃自语道："都是这个可恨的农夫惹的祸。要不是他种地，要不是他在田头竖着木桩子，喜鹊怎么会出现在木桩上？要不是看到喜鹊，犏牛怎么会突然受到惊吓？要不是犏牛受到惊吓，父亲怎么会死去？"说完他起身向那个农夫走去。

觉如走到低头忙着的农夫面前说道：

"喂！我父亲因犏牛惊吓而被摔倒在地上，摔死了。这都是你惹的祸！你若不是在这里种地，田头也不会竖着一根木桩。没有那根木桩子，喜鹊也不会飞来坐在上面。没有喜鹊，犏牛也不会受到惊吓。犏牛不受惊吓，也不会跳起来，而我父亲也就不会被摔死。你说吧！怎么办吧？"

农夫不理睬他的话，连头都不抬自顾自地干活。觉如看到他如此嚣张的态度，气愤起来，开始抬脚踩坏他的庄稼。眼看庄稼要被觉如毁掉了，农夫见状，心想觉如是个不好惹的孩子，便急忙上前劝阻并央求道：

"你有什么要求尽管提吧！不要再踩坏我的田地就行。我按你说的去做。"

觉如叫他上山砍树。农夫按照觉如的要求上山砍下几棵大树拉到了觉如的身边。觉如告诉农夫，要火葬自己的父亲，让他帮忙放好大树。于是，农夫就把砍来的大树堆到一起，并点燃了火。觉如让他先回去继续干农活。农夫走后不久，木头便燃烧起来，熊熊大火随着风力更是烧得旺盛。

装死的桑伦感受到火焰的炙热，吓得差点叫出声来。他再也不能若无其事地躺在地上装死了。他想看看火堆离自己有多远，就睁开了一只眼睛想窥看一下。

觉如见状，赶忙上前来到桑伦身边，说道："哎呀！父亲！这死者睁着眼睛，说明死不瞑目，这样对后人不好啊！"说着从地上抓起一把土撒到了桑伦睁开的眼睛里。

火苗随风上蹿，已经到了桑伦的脚边。桑伦因为滚烫，就将两腿往回收缩了。觉如见状，连忙上前抓住父亲的双腿，说道："哎呀！父亲！听说死者两腿收缩，说明死者心愿未了。这样对留下来的妻儿都不好啊！"说着，他找来两根粗壮的木墩子，将桑伦的双腿拉伸后压在了上面。

火烧得很旺、火焰冲天。觉如看着火势正好，便说"要送父亲最后一程"，就把桑伦抬起来，想要扔进火堆里。桑伦吓得半死，再不醒来恐怕真要葬身火海，就连忙出声制止道：

"觉如啊！我还活着，快放我下来！"

觉如见状，很是惊讶地自言自语："哎呀！父亲！听说死者说话，说明有事要嘱咐后人。不让死者把话说完，对后世子孙不好啊！"说着他往后退了几步，对着桑伦说道："父亲！快说吧！完成你的心愿吧！"

此刻，桑伦顾不得脸面，朝着觉如声嘶力竭地喊道："我还没死呢！快把我放下来！你想要活活烧死我吗？"一边嚷着一边跳了下来。

觉如装出非常高兴的样子说道："父亲！你真没死啊！"说完便走过去，牵来那头犏牛，把父亲扶上牛背，回家去了。

觉如就这样制服了屡次想要教训他的桑伦，让桑伦再也不敢装腔作势、恣意妄行了。

第四章 臣服黎民消除妖魔

与朝通发生口角

桑伦决定返回大部落。他们一家从三河交叉处离开，走了九天的路，终于回到了图萨部落。

桑伦回到大部落，来不及休息便来到朝通面前说道："你看不惯我们便把我们赶走了。现在我们回来了。你不要的苟巴彦汗之女格格莎阿木尔吉拉生了一个儿子。你说！说他丑，就把他扔掉行吗？说他好，那你是要给他继承王位吗？好也罢丑也罢，总之现在多了一个儿子。我听说此地也并未发生什么灾祸。因此，你现在就把我之前的牲畜和财物都归还给我！"

朝通无言以对，桑伦说得句句在理。他只好忍痛割爱地将桑伦之前的牲畜和财物都还了过去。桑伦把家畜要回去后，带着前妻所生的扎萨和荣萨两个儿子，还带着觉如，父子四人一起放牧，过着无忧无虑的生活。

草原上突然搭起了许多雪白的帐幕，又突然间多了许多畜群。朝通很是惊讶，便派差人前去打探："啊！这么好的白色帐幕是谁家的？这不计其数的牲畜都是谁家的？快去问问！"

朝通听到差人回来禀告说是桑伦诺颜家的，简直不敢相信。他以打猎为借口，骑马来到了最大的那顶白色帐幕旁边。房前坐着三个孩子。

朝通贼眉鼠眼地盯着三个孩子问道："听说这里这么漂亮的帐幕和漫山遍野的畜群都是你们家的？你们是如何得到这些的？"

四岁的觉如站起身走到朝通面前，抢着在两个哥哥之前回答道："你真是愚不可及呀！是因为自己如石子般渺小从而看不惯巍峨耸立的高山了吗？还是你是一只不识主人的狗吗？千方百计想出恶毒的方法将自己的哥哥赶走，霸占别人的牲畜和财物，你可真是好样的。你这样做，天界众神灵和下界龙王都看不过去了，就赐给了我们这么点的牲畜和财物！"

听了觉如的话，朝通心生不满，顿时想出一个毒计，便瞪着眼睛说道：

"听听这东西说的是什么话！既然你如此伶牙俐齿、巧舌如簧，便给你一个机会证明你的能耐。最近出现了七个魔鬼，他们住在鸟道峡谷那里。他们每天吃七百个人和七百匹马。你去他们那里！你过去告诉他们，这是朝通诺颜送给他们的礼物。把你母亲也带走，这样七个魔鬼会更加高兴，兴许就不会殃及我们的大部落了。今天，先将觉如母子作为贡品献给七个魔鬼，明天再找其他人献上去。"

觉如听了并没有现出畏惧之色。他笑着说"好啊！我知道了。"
朝通看着奸计得逞，便不再追问，扬起马鞭子，骑着马走了。

格格莎阿木尔吉拉低下头哭了起来。她不解地看着觉如，训
斥道："哎哟！孩子，你笑什么呀？原以为你这孩子比较能言善辩，
不承想你这么容易中了朝通的计谋。我还暗自高兴，觉得自己生
了一个有能力的儿子，原来是蠢材啊！你没听到七个魔鬼每天都
会吃掉七百个人和七百匹马吗？你我二人去了能活着回来吗？要
去，你自己去！我可不愿意过去。"

觉如看着生气的母亲，无奈地解释道："母亲少安毋躁！你
必须和我一起过去。留在这里，迟早会被朝通害死。去那里，做
七个魔鬼的贡品，道理不是一样吗？"

这时，扎萨走了出来，在觉如面前屈膝跪下说道："觉如呀！
请你把我也带上吧！如果一定要死，我们就一起死，若能活着，
我们就一起活！"

觉如伸出双手扶着扎萨站起来，并拥抱着扎萨，低声对他说
道：

"扎萨哥哥！你的行为告诉我：你是一个真诚的人，也是我
的挚友。我就是格斯尔！我因佛祖的旨意，受霍尔穆斯塔腾格里
父亲的派遣，下凡做人间的可汗。目的就是为了消灭这世间横行
的妖魔鬼怪。但是，直到我十五岁，不能暴露身份。现在，我悄

悄告诉你这些。所以到那个时候为止，耐心等待吧！现在你要留在这里，保护父亲桑伦不被他那个胆大妄为的弟弟朝通欺负。你不用担心我，这点小事难不倒我的。"

觉如带着母亲格格莎阿木尔吉拉出发前往鸟道峡谷。母子二人骑在一头瘦弱的犏牛背上，又驮着一顶破旧不堪的帐幕离开了。

消灭七个魔鬼

觉如带着母亲来到了鸟道峡谷，找到峡谷的源头，搭起了破旧不堪的帐幕。觉如帮着母亲格格莎阿木尔吉拉生了火，把母亲安顿好后，出去打猎了。

不久，觉如捕猎了十四只鼹鼠回来。他将七只鼹鼠烤在火上，将另外七只放在大锅里煮上。觉如趁着锅里煮鼹鼠时，去附近的山上，砍下一棵大树做了七根魔杖。

到了傍晚，觉如烤在火上的鼹鼠发出了阵阵扑鼻的香气。夜深人静之时，随着风向，烤肉的香味，飘到了七个魔鬼的鼻子里。七个魔鬼无法抵挡住烤肉的香气，骑着马奔向觉如家的帐幕。他们七个魔鬼，每个魔鬼在马面前赶着一百人，后面拉着一百人向觉如家的方向过来了。

七个魔鬼来到觉如的帐幕面前，大声叫嚷着："这是什么味道？"他们的声音像是饥肠辘辘的狮子的声音一般，听着很是可怕。

当觉如走出帐幕去迎接他们的时候，七个魔鬼认出了他就是格斯尔可汗，急忙惊慌失措地跳下马来，说道："哎呀！威震十方的圣主格斯尔可汗为什么会在此地呀？您怎么过来？您亲自出来迎接不是叫我们惶恐不安吗？"

觉如笑着对七个魔鬼说道："我已经知道了你们最近的所作所为。听说，你们七个每天吃掉七百个人和七百匹马，朝通就把我们母子驱逐到此地，让你们吃掉。你们准备什么时候吃掉我们？"

七个魔鬼听后吓得魂飞魄散，诚惶诚恐地说道："威震十方的圣主格斯尔可汗呀！您这说的什么话？我们哪敢吃您啊，这是想吓死我们吧！"

觉如说道："你们不准备吃掉我们母子，我感激不尽！既然如此，那就进屋吃口肉、喝口茶再走吧！天界的天神看了都会禁不住流口水的美味佳肴已经备好了。肉质鲜美的鼹鼠烤肉和香甜可口的热茶应有尽有。你们今晚先吃下我这里备好的美餐，那些你们带过来的人和马匹就留到明天吃吧！如何呀？"

七个魔鬼哪敢不唯命是从，战战兢兢地跟在觉如的后面走进那顶破旧不堪的帐幕。七个魔鬼坐下来开始吃烤鼹鼠肉。他们对着觉如的美餐埋头苦吃。他们吃了七天七夜，烤鼹鼠肉也没有变少，锅里的热茶也没有发生变化。

七天后，七个魔鬼起身告辞。他们来到骑过来的马匹面前，吃力地骑上马，想要离开此地逃之夭夭。但是，因为他们已经连续吃喝了七天七夜，早已变得肥膘体壮。他们的马匹已经无法承受他们的重力，没有能够站稳，后腿屈膝摔倒在地上。

觉如看到此景，对着七个魔鬼说道："你们不用担心。我给你们看看我的法宝吧！"觉如拿出自己用砍来的木头做的木杖。

他献宝似的拿在手中接着说道："你们骑着我做的魔杖走吧！这个魔杖很是神奇。你们骑在上面，它能够轻而易举地飞向天空、翻越山川、飞渡大海。世间马匹当中，千里马也比不上这魔杖的速度。你们要是骑走我的魔杖，就要把你们的马匹都留下来给我，如何呀？"

七个魔鬼听后欣喜若狂，连忙说道："哎哟！多谢格斯尔可汗！"他们把马匹留下来送给了觉如，分别拿了一根魔杖骑在了上面。

他们齐声喊道："大显身手吧！魔杖！让我们看看你说如何翻山越岭、横跨大海的吧，出发！"魔鬼们话音刚落，七把魔杖立刻腾空而起，直冲云端。七把魔杖带着七个魔鬼跨过鲜花盛开的草原、渡过蜿蜒曲折的河流、穿过高耸入云的山峰，直奔远处的大海。

七个魔鬼喜出望外，不禁感叹道："格斯尔可汗的话当真没错呀！这魔杖的速度，世间的马匹可是无可比拟呀！"说完他们似乎很是兴奋便忘乎所以地喊道："魔杖呀！我们已经见识了你横跨陆地的速度，这回让我们见识一下你水中飞跃的神奇吧！出发！"

七把魔杖听到魔鬼们的指令，再次腾空飞起，又急速直奔海里。

七把魔杖一进到海水里面，立刻变成了七条大鱼，直奔海底游去。七条大鱼游到大海深处，快要到达海底时，突然抖了抖身体，很是轻易地把七个魔鬼甩到了海水里。而七个魔鬼不识水性、惊恐万分，在不断地挣扎中，终于耗尽体力，在海底一命呜呼了。

七把魔杖如此轻松地解决掉了万恶的七个魔鬼后，回到了觉如的身边。觉如放走了七个魔鬼抓来准备享用的七百个人和七百匹马，自己只留下了魔鬼们骑过来的七匹马，过着无忧无虑的生活。

十方圣主格斯尔可汗就这样除掉了凶残猖獗的七个魔鬼。

母子再次被驱逐

过了一些日子，母亲格格莎阿木尔吉拉说道："觉如呀！孩子啊！我们来到这鸟道峡谷也有一年半载了，该回去了吧！"

觉如听了母亲的话决定返回故乡。他拉来犏牛，驮着帐幕，带着母亲格格莎阿木尔吉拉离开了鸟道峡谷，踏上了返回部落的归程。朝通诺颜听说觉如母子没有被七个魔鬼吃掉，而是安然无恙地返回了部落，惊恐万分。他又立刻心生不满，想着总有一天要把觉如赶走。

觉如五岁那年，将他视为眼中钉肉中刺的朝通在家冥思苦想几日后终于想到了对付觉如的计策。他骑马来到桑伦的帐幕面前，耀武扬威地对大家说道：

"即日起，我们大部落要迁徙前往鸟道峡谷。听说七个魔鬼已不见踪影而且那里水草肥美、适合放牧。觉如你就带着你的母亲去恩格勒岗谋生吧。"

觉如看着朝通一副狗眼看人低的样子，懒得和他狡辩。他笑着爽快地答应："好的，我知道了！"说完便转头走了。朝通看着他的态度，气得咬牙切齿、心中暗骂道："觉如这个混蛋！我看你能得意多久？我等着你自生自灭，哼！"

觉如的母亲格格莎阿木尔吉拉流着眼泪说道："哎呀！孩子呀！你还有心情说笑，你真是没心没肺呀！我还暗自高兴，想着你又聪明又能干，没想到你竟这般愚笨。哎！孩子毕竟是孩子呀！上次去鸟道峡谷时你就应该拒绝前往，要不然朝通也不会这么得寸进尺，对我们赶尽杀绝。你要知道那个鬼地方是个不毛之地，一望无际的沙子，我们去了还能活着回来吗？不如留在大部落里，找个不起眼的地方编织毛品过日子吧！"

觉如劝说母亲道："妈妈，你不用担心！朝通看我们不顺眼，肯定还会找各种麻烦。与其留在这里遭到他的毒手，还不如离开呢。你和我一起走吧！"

觉如带着母亲骑上犏牛，驮着破旧不堪的帐幕，前往恩格勒岗生活了。

觉如母子到达恩格勒岗之后，这片荒凉、寸草不生的地方发生了翻天覆地的变化。觉如把远处的海水引到了自家门前，所以觉如母子下营的地方，很快四周有了环绕流淌的海水。有了清澈的水源后，觉如母子在家周围种上了各种各样的花草和树木。

"很快，嫩嫩的小草长出来了，周围变成了一片绿野。草地上到处盛开着颜色各异的花朵，花香芬芳，引来各种奇异的蝴蝶飞虫，让人心旷神怡。不久随着秋天的到来，果树上结满了各种各样的果实，香甜味美、硕果累累。没过多久，珍禽异兽也逐渐来这里栖身了。

觉如就把这样一个空旷贫瘠的沙地变成了风景如画、水草丰美的一片草原。这里成了一个吉祥的乐园。觉如重新给这里起了一个好听的名字，叫"柴日玛嘎·胡古来图"。

严厉惩罚朝通

一天，觉如正在打猎时，碰见了大部落的一群人也在打猎。觉如施展法术，变出一万头野牛各处窜逃，使得部落的这一群人喜出望外、兴高采烈地进行打猎。傍晚时分，他们准备满载而归时，觉如过来送行。觉如对他们嘱咐道：

"你们今天回去时一定要路过朝通诺颜的营地。他过来问你们‘是否路过恩格勒岗？’你们就要回答：‘路过’。朝通又会问：‘觉如是否在那里？他活着？还是死了？’你们要回答：‘觉如把恩格勒岗变成了水草肥美、鸟语花香的吉祥草原，他自己每日外出打猎，时常不在家。’你们一定要隐瞒真相，按照我说的做，下次过来打猎，肯定不让你们空手而归的。”

等到大部落的那群人启程后，觉如开始"布阵"。觉如十分清楚朝通的为人，既伪善更是贪婪，他肯定会亲自过来查验是否属实，以便将恩格勒岗收入囊中。觉如找来带刺的枝条，将帐幕周围围成一圈荆棘栅栏，只留下了一条通道，正好骑马人可以出入。他在通道口也做了布置。他将三十庹长的铁链子埋在入口处，靠里侧竖起了两根三庹长的木桩子。木桩子上拉上了铁丝网。

岭部落的一群猎人返回故乡后，按照觉如的吩咐故意路过了朝通的家门。觉如料事如神，朝通很快出来向他们打探觉如的情况。那群猎人按照觉如的指示，回答得滴水不漏。朝通听后立刻露出笑脸，一副自以为计谋得逞的样子，说道："这下可太好了！"众猎人告别朝通各自回家去了。朝通半信半疑，决定还是自己前去查看究竟。

第二天清晨，朝通骑上黑马，腰上跨好弓和箭，快马加鞭奔向了恩格勒岗。觉如施展法术知道了朝通已经骑马奔向恩格勒岗这边，就悄悄地躲在一处草堆旁，窥看栅栏通道口子的情况。觉如就等着朝通自投罗网了。

朝通很快来到了觉如的住处。黑骏马来到栅栏的通道口子，警觉地立在原地，怎么也不肯往里走。朝通哪里知道觉如已经布下了天罗地网，等着他束手就擒呢。朝通心急得想看栅栏里面，所以对停滞不前的黑骏马暴跳如雷，扬起马鞭往马的头部狠狠地抽打起来。黑骏马吃不消抽打感觉到了主人的怒火，便两腿一抬、腾空而起，往通道口冲了进去。结果经过那个口子的时候，黑骏马猛然被铁链子绊倒，朝通猛地从马背上摔到了地面上。朝通和黑骏马人仰马翻，朝通疼得龇牙咧嘴、头脑发胀，躺在地上。

觉如见状，立刻跑出来，将两根木桩子拔起来，用木桩上的铁丝网将朝通连人带马罩在里面。觉如拿出事先准备好的棍子，不分人马，对着他们劈头盖脸地一顿痛打。觉如把他们打得尽兴了才收住手，他把黑骏马拉起来，牵到一边拴好。觉如用铁丝网将朝通层层包裹着，把他绑在马背上，解开了黑骏马的缰绳。脱缰的黑骏马带着朝通飞奔了出去。

马儿驮着浑身酸痛的朝通，疾驰踏上回家的路。等到岭部落附近，路人看见这一幕，惊慌失色，他们纷纷议论道："朝通诺颜怕是疯了吧？是不是中邪了？"他们试图将朝通的黑骏马拉住，但是刚刚经历了磨难的黑骏马已经完全惊恐，不让人靠近。一帮人你一言我一语地想要吵闹着、嚷嚷着要追赶马匹。这使得黑骏马更加惊恐万分，更加拼命地狂奔。人们想要帮助朝通脱离危险，却好心办坏事，黑骏马飞奔不止，一口气在荒野上奔跑了七天七夜。

最后，岭部落成年男性全员出动，将癫狂的黑骏马团团围住，围得是水泄不通，才将筋疲力尽的马儿捉住。朝通的仆人将朝通从马背上解救下来时，颠簸七天七夜的朝通已经奄奄一息了。朝通被仆人抬着回到了家里。

朝通在家里吃着大肉大汤，养精蓄锐休养了几天。等到他终于出门时，岭部落的一帮人过来邀功，顺便询问了当时的情况。有人好奇问道："当时，你在马上被铁丝网捆得结结实实的是怎么回事啊？"朝通怒气冲冲地说道：

"这些都是觉如的阴谋！觉如这个混蛋，竟敢暗算我，以后我肯定找他算账。"接着朝通摆出一副受尽委屈的样子向大家诉苦："上次大部落的一群人出去打猎，他们回来时路过我家，我就问了觉如的情况。这帮混蛋敢欺骗我，他们说觉如整天外出打猎，家中空无一人。我便想着去看看究竟，结果遭到了觉如的暗算。狡猾的觉如在门口设下埋伏，我和马儿中了圈套，摔倒在地上。可恶的觉如将我打得半死，还用铁丝网捆住我，将我绑在马背上。他真是个心狠手辣、诡计多端的孩子。还有那些大部落的猎人，帮着觉如撒谎。我跟他们无冤无仇，为何他们要陷害我呀？"

默不作声站在一旁的扎萨开口质问道：

"你说你与那些大部落的猎人无冤无仇，他们却帮着觉如陷害你，是吧？那你说说看，觉如与你有什么仇恨？他跟你有杀父之仇吗？你这样三番五次地想要除掉他？上次，你把他们母子驱逐到鸟道峡谷这个魔鬼横行的鬼地方；而这一次，你又将他们母子驱逐到荒漠贫瘠的恩格勒岗。你没有被觉如打死，已是万幸。你还在这里颠倒是非，混淆黑白！哼！"说完，扎萨没有理会朝通凶神恶煞的眼神，转身走了。聚众的人们也纷纷解散，回家去了。

十方圣主格斯尔可汗就这样惩处了一次那个贪婪自私、心狠手辣的叔父朝通。

与阿尔伦高娃定亲

朝通被觉如教训了一顿，不敢前来打扰。觉如母子过上了一段平静的日子。一天，觉如外出打猎。

他在打猎途中，遇见了一个长得眉清目秀、亭亭玉立的姑娘。这个姑娘是马巴彦之女阿尔伦高娃。她背着一个皮袋子，袋子里面装满了新鲜的羊肉。觉如截住姑娘的去路，好奇地问道："姑娘，你是谁呀？你一个人准备去哪里？"

姑娘明眸皓齿看着觉如回答："我是马巴彦的女儿，我叫阿尔伦高娃。听说你在这附近打猎，父亲就让我过来碰碰运气，看看能不能遇到你。这是新鲜的羊肉，父亲让我送给你。我父亲有个不情之请，想要借上你家的牧场放牧。我们家的牧场因为天气干旱，寸草不生，牲畜都快要饿死了。你不会见死不救吧？"

觉如对着可怜兮兮的姑娘说道："你找到这里应该累了。跟我回家休息一下！"就这样觉如带着阿尔伦高娃回去了。到家后，觉如叮嘱姑娘好好休息，之后把阿尔伦高娃带来的新鲜羊肉递给了母亲。觉如便出去了。

当觉如再次回来的时候，姑娘已经酣然入睡。觉如盯着看了一下阿尔伦高娃，心生一计，再次出门来到了马巴彦家的马群旁边。觉如在马群中找到了一匹刚刚生下来的小马驹，把它抱在怀里回了家。到家后，觉如悄悄地将小马驹放进姑娘的衣襟里面。

然后，觉如拍着姑娘的肩膀说道："起来！姑娘快起来！"觉如的叫声吵醒了姑娘。她睡眼朦胧地坐起来，觉如对着姑娘脱口就骂道：

"你真是个厚颜无耻的姑娘！你竟敢在我家里生孩子。听说与自家的仆人有了私情就会生出四条马腿的孩子。你自己看看，你干的什么事？"

阿尔伦高娃听着觉如的辱骂不明所以，嘟嘟囔囔道："你这是说什么呢？"她想回家去便站了起来。她一起身从她的衣襟里面掉下来一匹小马驹。姑娘吓了一跳，脸色瞬间煞白，惊慌失措地看着觉如说道："哎呀！这可怎么办呀？真是造孽呀！我也不知道怎么回事？觉如，求求你不要告诉别人，一定要替我保密呀！事已至此，我也有口难辩。这样吧！你娶我吧！"

觉如立刻说道："此话当真？你愿意嫁给我？"

阿尔伦高娃坚定地说道："真的！"

觉如得到了姑娘的承诺，当即把小马驹的尾割下来，将马尾编好，戴在姑娘的脖子上。这是觉如与阿尔伦高娃定亲的信物。

觉如对阿尔伦高娃说道："你回去告诉你父亲，我同意借给他牧场放牧。但是，只有你们一家可以，不能带着其他人。否则，别怪我不客气！"

阿尔伦高娃点头应许了觉如的要求。她求得了牧场，又与觉如定了亲，就出发回家去了。

用艾虎做诱饵

觉如决定带着母亲回到大部落。

他拉来犏牛驮上原来的黑色帐幕，与母亲格格莎阿木尔吉拉一起骑在上面，出发前往大部落。途中，他们路过三百个黎民居住的营地。

这三百个黎民当中，有经商的、有抢劫的也有打猎为生的。觉如法力无边、神通广大，早已知晓了他们的所作所为，决定先发制人、让三百个黎民俯首称臣。

觉如搭建了那顶黑色的破旧不堪的帐幕，暂且住在这里打猎几天再回去。他母亲知道觉如巧施妙法将七个魔鬼淹死在大海的事情，对觉如已经是另眼相看，言听计从了。

一天，觉如打猎时来到三百个黎民帐幕附近，变出一只小艾虎抱在怀里。小艾虎的胸部有金光闪闪的金毛、臀部有银光闪闪的银毛、爪子洁白无瑕。觉如把小艾虎带到他们面前，爱不释手地抱在怀里，玩耍炫耀。黎民们看见这只独一无二的小艾虎，惊叹不已又赞不绝口。大家纷纷过来欣赏小艾虎，有人连出门打猎都作罢，想着将小艾虎拿在手里玩耍一番。

有好事者甚至出了一笔银子想要买下觉如手中的小艾虎，但被觉如严词拒绝。日落时分，觉如见小艾虎已经引起了大家的兴趣，便带着小艾虎告辞，回到了自己的帐幕。聚集起来的黎民对小艾虎很是痴迷，却也无可奈何，他们见觉如带走了小艾虎，也只好带着妻儿回了家。

晚上，觉如母子刚刚吃完饭坐着，有个人来到了觉如家的帐幕。那人进来后央求道："哎呀！我们家首领的千金小姐很是稀罕你的小艾虎，非要玩耍一会儿才肯入睡。我们首领派我过来要借走你的小艾虎呢！"

觉如对那个人说道："我的小艾虎是这世间的奇珍异宝，独一无二的小动物。你们把我的小艾虎拿走，万一弄丢了，怎么办啊？你说你们能给我三百匹马作为赔偿吗？"

那人吞吞吐吐地说道："我们给你赔偿。如何呀？"觉如突然严词厉色地说道："你说话可算数？你自作主张答应此事，不如回去问问你们首领的意思再回来！"那人立刻原路返回，将觉如开出的条件一字不差回禀了首领。那首领听后说道："可以！

你再去一趟，告诉他只要愿意将小艾虎借给我们，若丢了就给他三百匹马，你快快去把小艾虎拿过来！"

那人再次来到觉如家说道："我们首领答应了。要是不小心弄丢了小艾虎，就给你三百匹马来抵偿。"

觉如依依不舍地将小艾虎交给那人，送出门时千叮咛万嘱咐："千万别弄丢了我的小艾虎呀！"

收服三百个黎民

三百个黎民的首领，接过下人送来的小艾虎，就给小千金送过去让她玩耍。小千金对小艾虎爱不释手，玩耍到半夜，才憨憨入睡。首领将小艾虎扣在锅底下，就安心地回去睡觉了。谁知半夜，趁着大家都熟睡之际，小艾虎逃跑了，回到了觉如身边。觉如抱着小艾虎，欣慰地睡着了。

第二天清晨，觉如来到那首领的帐幕面前要求带走小艾虎。首领走到昨夜扣大锅的地方，掀开大锅想要将小艾虎拿出来还给觉如。不料事与愿违，小艾虎根本不在里面，早已跑得无影无踪了。那首领仗势欺人道："你的小艾虎可能挖了个洞跑了！你自己回去找找看！"

觉如不甘示弱、气愤地说道："我的小艾虎是世间独一无二的小野兽。我千叮咛万嘱咐让你们小心看管，你们却告诉我它跑了。我们可是有言在先，你们要愿赌服输，现在我的艾虎被你们弄丢了，快去赶来三百匹马抵债吧！"

那首领可不想交出三百匹马，他看觉如是一个小孩子，以为好欺负，便高声地说道："想要从我们手里拿走三百匹马，可没那么容易！你觉得自己是个英雄好汉啊！"

那首领带着部众出门打猎去了。觉如默不作声地跟在他们后面。

觉如等着他们来到两座巍峨耸立在的山峰之间。当他们从山间峡谷经过时，觉如施展法术，来到了一座山的山顶。他连根拔起一座山峰，举过头顶，用力朝着另一座山峰抛了过去。一阵山崩地裂的响声，被砸的山峰摇摇欲坠，连带着这边的山峰也震动起来。无数的碎石从两旁的山峰上，滚滚而下。将山脚下的黎民和他们的马匹打得落花流水、东奔西窜、叫苦连天。

大家看到觉如站在一座山峰上，神态自若、浩气凛然，这才反应过来是觉如在惩罚他们，便立刻下跪求饶："哎呀！圣主呀！我们有眼无珠，没有认出你！还请你大人有大量，绕过我们这次吧！千万不要让我们如此惨烈地死去呀！你有什么命令尽管吩咐吧！"

觉如听后说道："我可不敢吩咐你们办事。你们还是先还我的小艾虎吧！"三百个黎民的首领立刻带头连声求饶道："哎呀！圣主呀！你的艾虎不是逃跑了吗？我按照约定愿意给你三百匹马，如何呀？只求你给我们留一条生路吧！"

　　觉如制止住了两座山峰的震动,山上的岩石不再向山底滑落。黎民百姓终于有了喘息的机会,那首领带着部众离开了。

　　格斯尔可汗,就这样收服了三百名黎民,与母亲一起返回了大部落。

路遇却日斯东喇嘛

　　一天,觉如在打猎途中碰见了一群送新娘的人。觉如的叔父查尔根老人和却日斯东喇嘛两人领头,将却日斯东喇嘛的妹妹却慕苏高娃送往新郎的营地。却慕苏高娃是马巴彦的另一个女儿,而新郎是朝通的大儿子叫阿拉坦。朝通诺颜决定让大儿子与马巴彦的女儿却慕苏高娃成婚,今天正是迎亲队接上新娘返回大部落的日子。

　　觉如认出了查尔根老人迎上前去,向叔父问好后,对着却日斯东喇嘛说道:"大慈大悲的喇嘛呀,我叫觉如,我是一个穷苦的孩子,你就可怜可怜我,施舍一些东西给我吧!"

　　却日斯东喇嘛很是轻蔑地看了看这个流着鼻涕的孩子,嫌弃地说道:"我只是一个出家之人,能给你什么?明天朝通诺颜家要大摆宴席,举行盛大的婚礼,你去那边,到时候我再给你施舍一些东西吧!"

　　觉如听到却日斯东喇嘛的话,反驳道:"你是存心不想给吧!你如果想给我施舍一些东西,现成的就很多呀!你看,你骑着的马匹、穿在身上的衣服，哪个不能给我呀？你只是在找借口想要搪塞过去而已。"

看着觉如不依不饶的样子，却日斯东喇嘛勃然大怒，冲着觉如骂道："你这个厚颜无耻的孩子，你还真是个无赖，不知身份，你以为你是谁呀！迅速给我滚！"说完便挥起鞭子，抽打了觉如的头部。觉如不忍受欺、坐以待毙，举起手中的马鞭子便朝着却日斯东喇嘛身上打去。却日斯东看着觉如如此死缠烂打，还对他还手，怒火冲天，立刻跳下马，与觉如扭打在一起。

见此情景，查尔根叔父走到觉如面前说道："觉如呀！觉如！快放手，快快放手呀！"他拉住觉如要打过去的一只手，接着说道："觉如呀！孩子！你就不要和这个人打架了。这不是要为难我这个老头吗？我要是包庇你，他肯定心生不满；我要是偏袒他，你肯定会怪我。所以，不要打了。各让一步，打架到此为止吧！这样吧，你明天去朝通那里，他在营地大摆宴席，庆祝长子阿拉坦成亲。你跟别人讨点东西作为贺礼去参加婚礼吧！"

觉如听完查尔根叔父的话，先放开了手，对着却日斯东喇嘛说道："既然查尔根诺颜这么说了，今天我就放过你！不过，却日斯东喇嘛你听着，你今天对我进行辱骂，我记在心里了。我一定会在众人面前羞辱你，让你颜面扫地！否则我不会善罢甘休，你给我等着瞧吧！"

却日斯东喇嘛愤恨地盯着他，但是想到还要送妹妹去朝通诺颜营地便默不作声，心里却想着要将觉如碎尸万段，以报今日之仇。

觉如骑上马踏上了打猎的路程，其他众人也纷纷准备一番，启程继续赶路了。

婚宴上起争执

那个时候，去参加别人的婚宴，有送礼物的习俗。次日，觉如来到一处人家，向他们家讨要了一只羊，并把羊杀掉，煮熟了羊肉，装进皮口袋里面。觉如带着母亲格格莎阿木尔吉拉去了朝通诺颜的营地，参加婚礼宴席。

朝通诺颜营地里，众多人们欢聚在一起，热闹非凡。

婚宴桌上摆满了新鲜出锅的牛羊肉，一壶一壶的马奶酒香醇诱人。朝通诺颜为首的部落首领坐在上座上，宴席的一侧是贵族男人的席位，而另一侧是妇女的席位。

觉如带着母亲到达婚礼现场的时候，正巧宾客们纷纷入席。却日斯东喇嘛昂起高贵的头，正坐在妇女席位的上座。

众人看到觉如母子，视若无睹，不敢上前邀请也不敢擅自给他们安排席位。觉如母子没有得到宴席席位，觉如却不以为然。他自顾自地坐到男人们席位的最外侧，而他母亲则坐到了地上。觉如见此一幕，起身跑出去，到马群旁边，捡来一坨马粪倒在地上。他找来一根芨芨草，将芨芨草劈成三瓣，插在马粪上当桌子。

不久后宴会开始了。朝通给宾客们分肉，大家大口吃肉、大口喝酒，纷纷举杯畅饮，好不热闹。大家无视觉如母子，没有人上前给他们分肉倒酒，也没有人关心他们。

觉如已经肚子咕咕直响，看到朝通正啃着羊前腿，忍无可忍便起身对着朝通说道：

"哎哟！朝通叔父！今天你这里摆满了美味佳肴。我是看在眼里，馋在心里呀！我现在饥肠辘辘！你把手里的羊腿给我吃吧！"

朝通听后不屑地笑出声说道：

"你说我给你肩胛骨吧，

这是我万贯家财的根源。

我给你羊大腿吧，

这是我子孙后代的福分。

你说我给你前腿骨吧，

我又怕恶病缠身、不得安宁。

要不然，我肯定很高兴得拱手相让了。

但是，今天是我儿子的婚宴，既然你带着母亲过来参加，我也没有道理让你空手而归呀。"

他沉思了一下便恶言相向、口无遮拦地说道：

"觉如，这样吧！

你去西河岸上，

那里有死马肉；

你去东河岸上，

那里有死牛肉；

这些都给你了。"

他眯着眼睛看了一眼觉如，继续骂道：

"如果你还嫌少，

把这些也带走。

哭泣者的眼泪，

死刑犯的处罚，

不毛之地的叱骂，

染疫动物的皮毛，

这些都拿走吧。"

觉如站起身，大声说道："大家听着！刚刚朝通叔父赏给我很多东西！他说让我带走哭泣者的眼泪，那我可就不客气了。"说着他来到新娘却慕苏高娃面前，没等她反应过来，伸手将新娘身上美丽的服装和贵重的首饰扯掉了。新娘未来得及躲闪，惊慌失措地哭起来。

觉如看到新娘却慕苏高娃泪如雨下，便回到了座位上。

制服却日斯东喇嘛

看到觉如如此戏弄自己的妹妹，却日斯东喇嘛咬牙切齿，怒火冲天。他不是一个普通喇嘛，他非等闲之辈，而是会施展法术。却日斯东喇嘛怎么也无法抑制心中的怒火，便想要狠狠地教训觉如。

他从鼻孔里放出一只毒蜂，抓着毒蜂念了几声咒语，便让毒蜂悄悄地飞过去蜇瞎觉如的眼睛。

觉如施展法术，将却日斯东喇嘛的诡计看在眼里。他也想着要狠狠地惩罚一下却日斯东，所以静静地做好准备，等着他自讨苦吃。当毒蜂飞向觉如时，觉如立刻闭上一只眼睛，怒瞪着另一只眼睛，等着毒蜂的到来。毒蜂飞到他面前，想蜇一下觉如睁开的眼睛。但由于觉如的威严震慑，只是刺了他的嘴唇就匆匆飞回去了。

却日斯东喇嘛看到毒蜂颤颤巍巍地飞回来，就问它"你怎么了？蜇瞎觉如那混蛋的眼睛了吗？"毒蜂回答："觉如闭着一只眼，怒瞪着一只眼，很是可怕。我就蜇了一下他的嘴唇就回来了。"

却日斯东喇嘛再次下命令道："只是蜇一下嘴唇，那东西根本死不了，我要让他死无葬身之地。你再去！这次从他的鼻孔里面飞进去。找到他的命脉，用你的毒针刺穿他。我要让觉如这个恶鬼七窍流血而亡，快去！"

毒蜂飞走了。却日斯东喇嘛耐心地等着毒蜂的凯旋。觉如知道却日斯东肯定不会善罢甘休，并施展法术知道了却日斯东的阴谋。他突然说鼻子出血了，捂住了右鼻孔。他施展障眼法，在左鼻孔里放上九股套索，等着毒蜂自取灭亡。

那只毒蜂又悄无声息地飞到了觉如面前，看到觉如捂着右鼻孔，就飞到了他的左鼻孔处，钻了进去。一无所知的毒蜂想着这回能完成任务，万万没想到遭打了埋伏，它被觉如事先放好的九股套索给套住，动弹不得了。

觉如将毒蜂抓出来，拿在手里。突然他猛地一用力，只见却日斯东喇嘛忽然从座位上栽倒了下去，脸部朝地、极其难看地躺在地上一动不动。觉如把手中的毒蜂松开后，却日斯东喇嘛才缓缓地坐起身来。觉如戏谑他，让他在众人面前丑态毕露，他将手中的毒蜂，时而握紧、时而松开。却日斯东喇嘛跟随觉如手中的动作，时而栽倒在地、时而又狼狈不堪地想要爬起来。如此反复几次，却日斯东喇嘛已经筋疲力尽，他趁着觉如松手时，灰头土脸地爬到觉如脚边磕头求饶。

却日斯东的妹妹却慕苏高娃看出觉如已经抓住了哥哥的灵魂，于是起身来到觉如身边。姑娘一手拿着兀鹫脑袋般大的翡翠宝石；一手端着一壶酒。她正要下跪求情时，觉如抢在她前面开口指责道：

"哎哟！大家看看这个新娘，想要我下跪求情，真是不知羞耻呀！恕我直言，吐伯特有个习俗：可汗的新婚夫人，三年之内，除了家人，不得与他人相见；平民百姓的新娘，也要三个月内不得出门。作为朝通诺颜家长子娶进门的新娘，在婚礼举行当中，过来与我这素不相识的陌生人会面，这是为何呀？我手中的毒蜂，是你的丈夫还是你的父亲？你这样因他抛头露面，不知廉耻，想要与我求情？"

觉如说完便转过身不再去看却慕莎高娃。却慕莎高娃羞愧难当，匆匆忙忙地返回了座位。

却日斯东喇嘛有个驼背的管家，到哪里都带在身边。那人来到觉如面前下跪求情。他央求道：

"尊敬的觉如呀！你大人不计小人过，就饶他这一次吧！从今往后，不论是谁，看见什么而不让你看，他的眼睛便瞎掉；不论是谁，听见什么而不让你听，他的耳朵便聋掉；无论是谁，吃着什么而不让你吃，他的牙齿便碎掉；无论是谁，手中拿着东西而不给你，他的手便断掉。尊敬的觉如呀！却日斯东喇嘛有很多的奇珍异宝，都送给你！却慕莎高娃你也可以带走。只求你放了这只虫子，如何呀？"

觉如听了驼背管家的话心有所动。他对管家说道："你让我带走却慕莎高娃，这件事我不同意。可是，为了我哥哥扎萨，这件事也不是不行。看在你如此诚恳地替他求情的份上，我这次就饶了这只虫子，若再有下次，我绝不会心慈手软的。"

觉如摊开手掌，将手中毒蜂的翅膀拍打了几下便放走了毒蜂。觉如看着却日斯东喇嘛命令道："你要去向我母亲求情。你们没给我母亲安排宴席座是很失礼呀！你应该向我母亲下跪，求得她的谅解才行呀。"

却日斯东喇嘛此时稍微恢复了体力，他跌跌撞撞走到格格莎阿木尔吉拉面前，下跪求情。众人见此情景，惊慌失措，生怕觉如将怒气撒到他们身上。他们将觉如母子重新请到上座，拿出新鲜出锅的牛羊肉，斟满美酒招待着。

平时恶言怒斥的朝通诺颜此刻也不敢再出声了。此后，尽管他依旧嚣张跋扈，但对觉如的父母桑伦和格格莎阿木尔吉拉却不敢太过分。他惧怕觉如会严厉地报复他。

觉如将却慕苏高娃带走许配给了哥哥扎萨作妻子。

十方圣主格斯尔可汗，就这样制服了诡计多端的却日斯东喇嘛。

第五章 茹格慕高娃夫人

茹格慕高娃选夫婿

觉如六岁那年。

僧格斯鲁可汗有一个女儿叫茹格慕高娃。这姑娘长得美若天仙、肤如凝脂、唇红齿白、亭亭玉立。茹格慕高娃已经到了适婚年龄，她的美貌方圆百里家喻户晓，只要家中有男子的都过来求亲，但都未果。茹格慕高娃始终没能选上称心如意的夫婿。她听说吐伯特有三十名勇士，个个长相英俊、才能过人。茹格慕高娃心想自己的真命天子或许就在那三十名勇士中间，便找到父亲说道：

"父亲！听说吐伯特有三十名神勇的英雄。我去那里选最佳夫婿吧！"

她得到了父亲的默许便启程前往吐伯特。他带上三名神箭手、三名摔跤手和一位足智多谋的喇嘛及其众多随从一行人浩浩荡荡地出发了。茹格慕高娃要找最佳夫婿的消息不胫而走、一传十十传百很快传到了千里之外的吐伯特那里了。

　　茹格慕高娃到达吐伯特时，已经聚集了成千上万的百姓。大家纷纷闻讯赶来一睹茹格慕高娃的盛世美颜。茹格慕高娃选择了一处风景秀丽的地方，落脚扎营后便散布消息要举办比武招亲大会，让骁勇善战者参加比赛。

　　这天很快便到来。茹格慕高娃的营地附近已经聚集了一万名男子，这里不仅有大部落的贵族男人们也有普通百姓。朝通诺颜岂有不去之理，他悠哉地骑着那匹黑骏马，在前往大会地点时正巧碰到了觉如独自一人在前往。这种特殊之日，朝通并不想理会觉如便要从旁边经过时，觉如偏不想放过他，上前说道：

　　"朝通叔父呀！你这是去参加比武招亲大会吗？我也想去看看，你就让我骑上你的马吧！带我一程吧！"

　　朝通鄙夷不屑地盯着觉如，摆出一副高高在上的样子，对觉如说道："哎呀！觉如呀！你也不看看你自己几斤几两，你也想去参加比武招亲大会？难道你也想娶走那仙女的化身——茹格慕高娃？真是癞蛤蟆想吃天鹅肉！我可不去那里。你自己想办法吧。"说完他把马鞭一挥，骑着马疾驰而去了。

　　觉如听说查尔根叔父也要过去，便去找他说道："查尔根叔父！我也想去看看比武招亲大会，能带上我去吗？"查尔根诺颜毫不犹豫地应下说道："觉如呀！好孩子，过来吧！我带你过去。"然后拉着觉如上马奔向目的地。

　　他们到达时，已经万人齐聚，人山人海、热闹非凡。朝通正坐在首位，心高气傲、目中无人。觉如故意上前走到朝通面前，他似笑非笑地盯着朝通说道："朝通叔父！你不是跟我说要去别的地方吗？怎么也过来啦？莫非你也想要娶走茹格慕高娃呀？你这是好样的。"朝通被挖苦，面露狠色正要开口斥责觉如时，茹格慕高娃站起身，向前一步说道：

"听说吐伯特有三十位勇士。我今天来到这里举办比武招亲大会，是要挑选英雄中的英雄来做我的夫婿。我带来了三名神箭手和三名大力士摔跤手。他们在我的故乡都是盖世无双的高手，迄今为止，从无败绩、无人能敌。若是今天谁人能战胜他们，我便嫁给他。若是无人能敌，我便返回家乡，到时请大家谅解！

或许诸位很好奇，我为何要用这种方式来挑选最佳夫婿，这事出有因，请听我慢慢道来：

我出生的时候，

右房顶上瑞畜飞舞，

左房顶上麒麟欢跳；

天空中乌云密布，

太阳的光芒却照耀四周；

等到晴空万里，

空中却下起蒙蒙细雨；

在尊贵的屋顶上，

鹦鹉连叫不停；

崇高的头顶上，

鹧鸪鸟、布谷鸟及乌梁海珍鸟鸣叫不停。

我是受到了这九种灵气降生于人间。

我就是仙女的化身茹格慕高娃。

今天，我来到这里，

是为了寻得一位能够与我相配的夫婿。"

说到这里茹格慕高娃停下来，稍作休息便继续说道："我带来的三名神箭手和三名大力士摔跤手已经准备就绪。说起他们三个神箭手的箭法，箭发出到再返回来期间，能在锅里煮上奶茶三次；而且毫不谦虚地说射出去的箭返回来落地时，你若躺在原地等着箭头落下来，当箭头快到地面时，你不把头部闪到一边，那你的头部肯定丝毫不差地被箭射中。他们三个就是这么稳、准、狠，所以才叫作神箭手啊！因此，想要成为我的夫婿就必须战胜他们才行！现在就请大家推举出各自的神箭手和大力士来较量吧！"

茹格慕高娃说完便骑上马快马加鞭，奔赴一座山丘，从远处观望这边的情形。

参加摔跤大赛

摔跤大赛开始了。

吐伯特的英雄们，个个英勇尚武，与茹格慕高娃的三个大力士摔跤手进行了一番激烈的角逐。刚开始吐伯特的众勇士与茹格慕高娃的三个大力士不分伯仲，但随着一轮又一轮的选拔，众勇士都显出了疲态。而那三个大力士犹如有取之不竭的力气，和最开始时一样，生龙活虎，丝毫未感到疲惫。反之，众勇士疲惫不堪，被那三个大力士打败。

看到这一幕，茹格慕高娃说道："哎呀！吐伯特的勇士们怎么了？难道所谓的勇士就是这样不堪一击吗？真是让人失望，原来徒有虚名啊！"

觉如看到这里，已经坐不住了。他跑到茹格慕高娃带来的那足智多谋的喇嘛面前，说道："大喇嘛！我想过去参加摔跤比赛，让我试一下吧！"

那喇嘛看着觉如幼小单薄的身躯便好心劝阻道："比你强百倍的英雄好汉，尚且不是他们三个大力士的对手，更何况你啊！孩子！你还是别参加了，回去吧！"

觉如固执己见地坚持道："大喇嘛！所谓'人不可貌相，海水不可斗量'，你就让我试一试吧！最后鹿死谁手还不知道呢！"

那喇嘛再三相劝道："孩子啊！他们是大力士，摔你没轻没重的，可能会折腿断骨呀！还是回去老老实实待着吧！"

觉如依然坚持参加摔跤比赛，对着那喇嘛相求道："大喇嘛呀！你就同意吧！我即使断臂断骨也要参加试一试。"

喇嘛对觉如的请求无可奈何，只好答应他说道："那好吧！既然你这么坚持那就试一试吧！"

觉如起身，在众目睽睽之下走到摔跤场地。在场的所有人都不看好觉如，尤其朝通诺颜觉得觉如简直是自取其辱。喇嘛大声喊道："我们的摔跤手们在哪里？这个孩子想要和你们一决高下。"

茹格慕高娃的一等摔跤手首先站起身，走向觉如。当他来到觉如面前，握住觉如的肩膀时，觉如施展法术，遮住了众人的视线。觉如显出格斯尔真身与一等摔跤手较量。他一只脚踩在一座高山山顶，另一只脚踩在一片大海的边上，站姿不变，把茹格慕高娃的一等摔跤手举到头顶，一扔便将对方扔到了一千波尔之外。如此施展法术将茹格慕高娃的二等摔跤手和三等摔跤手分别扔出两千波尔与三千波尔之外。之后，觉如收起法术，变回觉如，雄姿勃勃地站在摔跤场极目远眺。

现场顿时沸腾起来，大家以为觉如只是在无理取闹，所以没有人把他当回事。谁也没有想到觉如竟然能够这么淡定地将茹格慕高娃的三个大力士摔跤手扔向远方。如此，觉如在摔跤比赛中脱颖而出了。

参加射箭大赛

现在轮到射箭比试了。

茹格慕高娃的三位神箭手傲视群雄站在射箭场地。第一个神箭手射出去的箭，足足过了煮三锅茶的工夫才落下来；第二个神箭手射出去的箭，足足过了煮两锅茶的工夫才落下来；第三个神箭手射出去的箭，过了煮一锅茶的工夫才落了下来。他们三个神箭手，射出箭以后躺在原地等待箭落下。在那箭径直向他的头落下的千钧一发之际，他瞬间闪开头，翻身滚到了一边。那箭分毫不差地落在刚刚神箭手头部着地的位置。

　　人们如此崇拜茹格慕高娃的三个神箭手，不仅是因为他们将箭射出去到落下来的时间之长，而且还能稳、准、狠地射中他们头部着地的位置。正如茹格慕高娃在比武招亲开始前毫不谦虚地炫耀那样，三个神箭手的伟力让众人目瞪口呆。

　　接下来，吐伯特众勇士拿出自己的看家本领纷纷射出了箭。但是，没有人能赢过那三个神箭手。

　　此时，一旁观战的觉如又跑到了茹格慕高娃带来的足智多谋的喇嘛面前说道："大喇嘛！我试一次，让我射一箭吧！"

　　那喇嘛知道觉如已经赢得了摔跤比赛，但还是忍不住劝阻道："孩子！这三位神箭手可是名副其实的高手，吐伯特众勇士无人能敌，你还是算了吧！"觉如再三请求道："还是让我试一试吧！"那喇嘛也着实没有办法，只好又答应了。

　　万众瞩目的眼神投向觉如，他拿起弓和箭，准备拉弓射箭。"嗖"的一声巨响，觉如射出的箭以迅雷不及掩耳之势冲向了天空。人们从刚开始的耐心等待到后面变得焦躁不安了。觉如射出去的箭从烈日当空时到黄昏已至，还是没有落下来。众人纷纷越来越焦躁不安，吵着嚷着要回家去。

此时，扎萨站出来说道："大家少安毋躁！我弟弟觉如射出去的箭总是这样，很是神奇！大家再耐心等待一下，应该快回来了。"扎萨刚刚说完，只见觉如指着头顶黑压压的天空大声喊道："我的箭回来啦！"觉如立刻躺在原地，等着箭头扎向他的头部时，立刻闪开了头，箭就那样稳稳地扎在觉如头部刚刚着地的地方。

觉如射出的箭能够这么长时间才返回来是因为觉如悄悄地施展法术，得到了须弥山的三位神姊的帮助。原来，三位神姊得到觉如的请求后，把他的箭留在了须弥山上。她们给觉如的箭装饰上世间最美丽的、五彩艳丽的鸟兽，将箭装扮了一番后才放回觉如的身边。由此，太阳光被箭身上的鸟兽遮挡，大地提前变得漆黑，人们就觉得日落西山了。

众人不明真相，纷纷夸赞觉如："觉如真厉害呀！真是英雄出少年啊！"

在场的人们无一不羡慕觉如，取得了射箭比赛的胜利，从而能够娶走仙女化身的茹格慕高娃姑娘。众人见大势已定，名花有主，便纷纷起身想要回家。

此时，茹格慕高娃突然站起身喊道："大家不要着急回去，请听我说！"

茹格慕高娃一手拿着七十只绵羊的肋骨，一手拿着一壶酒和一个兀鹫脑袋般大的宝石走了出来。她站到众人面前说道：

"我带来的三个神箭手和三个大力士摔跤手与吐伯特众勇士

比试，结果不用我多说，大家有目共睹。既然这样，现在就轮到我亲自来考验一下诸位勇士了。你们要在我转身的工夫，谁将这七十只羊的肋骨和一壶酒分给一万人，还要将这个兀鹫脑袋般大的宝石含在自己的嘴巴里面，就算他胜出。狭路相逢勇者胜，谁能做到，我就心甘情愿嫁给他。"说着她将手里的东西展示在众人面前。

在场的人们跃跃欲试，试想着如果做到了就能够娶走茹格慕高娃了。几个勇士尝试后还是以无果而终。此时，巴达玛里老人的儿子英雄巴穆索岳尔扎来到了众人面前想一展身手。他将东西从茹格慕高娃手中接过来，刚要展示本领时，觉如施展法术，让巴穆索岳尔扎手中的七十只绵羊的肋骨掉到了地上。幸亏他的另一手中还拿着一壶酒和宝石。巴穆索岳尔扎不知缘由，看着掉到地上的羊肋骨，只好捡起来归还给了茹格慕高娃。

觉如趁此机会，立刻喊道："让我来试一试！"茹格慕高娃来到觉如面前，看到他流着脏兮兮的大黄鼻涕，立刻转身想要离开。

觉如的叔父查尔根诺颜替觉如打抱不平，他叫住茹格慕高娃责备道："你长得美如天仙、姿态不凡，终究是一介女流之辈；觉如幼小瘦弱、流着鼻涕也是堂堂七尺男儿。你的三个神箭手自称无人能敌，不也是觉如的手下败将吗？你的三个大力士摔跤手自称战无败绩，不也是被觉如打败了吗？你竟如此不知好歹，还敢以貌取人。既然觉如愿意尝试，你为何不给他一次机会呢？"

茹格慕高娃听了查尔根诺颜的话，自知理亏，只好默不作声地再次来到觉如面前。觉如迎难而上，顺手拿走茹格慕高娃手中的东西后便喊道："你自称冰雪聪明，却不知道自己的后衣襟已经着火了吗？"

茹格慕高娃听到觉如的话，惊得立刻转身看自己的后衣襟。说时迟那时快，觉如施展法术，将那七十只绵羊的肋骨和一壶酒分给了一万人。当觉如想要把那兀鹫脑袋般大的宝石放到嘴里时，只塞进去了宝石的一半，另一半怎么也进不去。大家看过去时，觉如那洁白如玉的四十五颗大牙齿咬着宝石呢。众人纷纷嘲笑他。

朝通诺颜看到这一幕，他嫉妒得怒火冲天。他从远处恨恨地盯着觉如，咬牙切齿地说道："丢人现眼的东西！今天让你捡了个大便宜，让你娶走了茹格慕高娃，日后看我怎么把她抢回来。你给我等着瞧！"他自言自语地说完，挥着马鞭，朝着自己的营地骑马走了。

众人也纷纷散去各自回了家。

跟随茹格慕返乡

茹格慕高娃大张旗鼓地来到吐伯特，原以为能够选上一个英雄中的英雄，才貌兼备的夫婿。

经过射箭和摔跤比试最终的赢家竟是一个流着大黄鼻涕的男孩。她感到从未有过的懊恼和羞愧，不甘心仙女化身的自己竟然要嫁给那个讨人嫌的觉如，因此，趁着众人散去时，她带着众随从骑马疾驰，逃回了故乡。

一路上，茹格慕高娃频频回头眺望，生怕觉如尾随而来，将她带回去做新娘。骑了一时段，茹格慕高娃大声喊道："后面有没有人跟来？"

那个足智多谋的喇嘛回答道："谁也没来，跟着我们来的是一阵风。"

又过了一会儿，茹格慕高娃再次高声喊道："后面有没有人跟来？"

那喇嘛回头看了看辽阔的草原，说道："谁也没来，跟着我们来的只是我们的影子而已。"

片刻后，茹格慕高娃又一次高声喊道："既不像是风，也不像是影子，我感觉有人坐在我的后面贴着脸呢。你再仔细看一看！"

喇嘛认真查看，才发现觉如不知何时已经跟着他们过来了。他正神不知鬼不觉地坐在茹格慕高娃的后面同她骑在一匹马上。那喇嘛不敢隐瞒，只好如实回答："姑娘呀！成为你夫婿的那个孩子正坐在你的后面呢！"

听到这个回答，茹格慕高娃立刻捶胸哭泣道：

"哎呀！这可怎么办呀！我真是个不幸的女子啊！这些年来，我从不理会那些王公贵族，却最后落得要嫁给这个孩子？我大张旗鼓来到此地比武招亲，事与愿违，竟然落得如此下场！这下，我可怎么向父亲母亲交代呀！我还哪有脸面体面地继续活着呀！还不如死了算了，真是可悲呀！"

茹格慕高娃一路上哭哭啼啼，伤心至极。而觉如却不理会这些，沉默不语地骑在她的后面，继续前行。

等到离茹格慕高娃的家乡只有百里之远时，觉如施展法术，扬起了滚滚黄尘。看着尘沙的滚动如一万人马奔驰在草原上，气势磅礴。

僧格斯鲁可汗从远处望见如此扬起的尘沙，高兴得合不拢嘴，他对夫人说道："看来我这个姑娘终于找到一位称心如意的部落首领了吧！"

可是，没过多久，尘土就慢慢变得稀薄，如同一千人马飞奔而来。看到这里，僧格斯鲁可汗不禁感叹道："不是什么贵族诺颜也行吧，只要找的是与我们门当户对的贵族就行啊！"

空中扬起的尘土变得越来越少，临近了，如同一百人马在奔跑一样。僧格斯鲁可汗暗觉不好，但很快又安慰自己说道："看样子，应该是朝通诺颜吧！"

茹格慕高娃的父母、哥哥、家中仆人纷纷过来迎接。随着距离的越来越近，空中扬起的飞尘也逐渐消散。众人这才看清楚，与茹格慕高娃一同骑马过来的是流着鼻涕的觉如。

看着觉如流鼻涕的模样，僧格斯鲁可汗惊讶不已。他想不明白自己那个居高自傲的女儿为何要嫁给这样一个孩子。他责怪女儿睁眼抓瞎，挑来挑去、选来选去最后选了这么个男人。一个既不是王公贵族也不是英雄勇士的男人。他心情沉闷，有气无处撒，就一声不吭地走进了帐幕。

茹格慕高娃的母亲看着女儿带过来的夫婿，心情从最初的期待到如今的失落，可谓是黯然伤神，她也一言不发走进了帐幕。

茹格慕高娃的哥哥，以为自己的妹妹能选来文武双全的夫婿，看着觉如，他大失所望，便也不吭一声，拿起弓和箭打猎去了。

到了傍晚，一家人聚在帐幕中痛批茹格慕高娃。茹格慕高娃的父亲僧格斯鲁汗对女儿说道："姑娘呀！我说你什么好呀！你大张旗鼓去吐伯特比武招亲，最后选上了这个孩子。那么，为何要把他带到这里？你说，你这个如意夫婿要是晚上不小心被狗吃掉了，你这不是给我们招来祸患吗？"

事到如今，即使百般不愿，但也无可奈何。于是，茹格慕高娃家人招来仆人将觉如扣在了大锅底下。觉如等到夜深人静的时候，悄悄掀开大锅出来，又悄无声息地走到僧格斯鲁可汗家的羊圈，宰杀了一只肥壮的绵羊。他施展法术，将羊肉烤熟，很快将羊肉吃完后，将剩余的骨头扔给了狗，又把羊的新鲜血液涂抹在大锅里面。一番恶作剧之后，觉如犯困，便跑到野外睡觉去了。

第二天清晨，茹格慕高娃的父母起来后便走到大锅那里查看觉如。僧格斯鲁可汗命仆人掀开了大锅。锅底下哪里还有觉如的身影啊！只见锅里边还沾满了鲜血，茹格慕高娃的父母对她说道：

"姑娘呀！你带来的好夫婿半夜被狗吃掉了！这下你可怎么办呀？这个苦难你自己承受吧！"

茹格慕高娃跑过来看到锅底的鲜血，心中百感交集。觉如的本领出神入化，连她的三个神箭手和三个大力士摔跤手都不是他的对手，这个茹格慕高娃已经眼见为实证实过的。但一想到觉如流着鼻涕的模样又百般不愿意嫁给他。她真的是后悔莫及呀！茹格慕高娃静坐片刻后决定出去找觉如。她想以觉如的本领一条狗怎么可能把他吃掉？不管是死是活，茹格慕高娃决定出去找找他。

试探茹格慕高娃

茹格慕高娃牵来一匹马，骑上马背，出门去找觉如。她在父亲的营地没有找到觉如，只能骑马飞驰到荒无人烟的野外寻找。

正当她毫无目的地四处寻找觉如时，觉如施展法术，变成了一个牧马人在茹格慕高娃路过的地方等待着。茹格慕高娃看见牧马人迅速上前询问："喂！牧马人！你见过那个觉如没有？"

那个牧马人回答茹格慕高娃说道："我不认识什么觉如呀！我只听说他被僧格斯鲁可汗的女儿茹格慕高娃选中，带回家里，让狗吃掉了。我还听说图萨、通萨尔和岭三大部落的百姓正往这里赶路呢。他们将觉如视为英雄，却被那个以貌取人、口是心非、言而无信、心肠歹毒的姑娘迫害了！他们为觉如打抱不平，说是要过来攻打这里，将这里夷为平地为觉如报仇雪恨呢！"

茹格慕高娃听了牧马人的话，信以为真，大惊失色，痛哭流涕地继续赶路。

觉如再次施展法术，变成了一个牧羊人在路边等候。茹格慕高娃看见这个牧羊人立刻赶过去问道："喂！牧羊人！你见过那个觉如没有？"没想到那个牧羊人回答与牧马人说的不谋而合。

茹格慕高娃听后喃喃自语道："牧马人和牧羊人的说辞如此一致，看来这里要遭受攻打在所难免了。父母因为我而遭受如此劫难，我真是于心不忍啊！"

茹格慕高娃对于牧马人和牧羊人的危言耸听，确信不疑。对于即将面临的困境她也感到前所未有的绝望。茹格慕高娃想着：这些事情皆因她而起，让她在父母面前颜面尽失，还不如自己投河自尽，平息众怒的好啊！于是，她快马加鞭，向着河岸的悬崖边飞奔而去。

茹格慕高娃骑马奔到悬崖边上根本没有停止前进，就在她拉住缰绳准备跳下悬崖的千钧一发之际，觉如大显神通，出现在她的后面，拉住了马尾巴。

茹格慕高娃回过神向后看时，正看到觉如拽着马尾巴呢！茹格慕高娃平复了刚刚绝望的心情，吃惊地看着觉如问道："哎呀！觉如呀！你去了哪里？快快上马跟我回去吧！"

茹格慕高娃调转马头，让觉如骑上来。觉如紧紧挨着茹格慕高娃骑在马背上。一路上，随着骏马的飞驰，觉如的黄鼻涕也不小心流到了茹格慕高娃的衣领上。茹格慕高娃想着牧马人和牧羊人的说辞，她很是嫌弃觉如这个脏兮兮的模样。可她又不敢直接说怕得罪觉如，只好拼命地弯着腰伏在马背上，想着远离觉如。

觉如岂能如她所愿，他也弯着腰伏在茹格慕高娃的背上紧贴着。茹格慕高娃忍无可忍终于出声喊道："觉如，你离我远一点！你把脸转过去，倒着骑吧！"

觉如听后恼羞成怒立刻跳下马喊道："高山自有很多路可走，何必非要与你同骑在马背上遭嫌弃？"说着他便跑到马的脖颈处，准备吊在马的脖颈上回去。

茹格慕高娃见他采取如此危险的动作急忙出声制止道："那样不行，快快停下来！你这样看不清前面的路了。"觉如反驳她说道："既然马脖颈不行，那就吊在马前腿上总可以吧？"说着便要朝着马的前腿爬行。茹格慕高娃还没来得及出声制止，觉如的动作已经惊扰了骏马，马儿惊厥一跳，觉如被甩到了地上。觉如顺势躺在地上装死。

茹格慕高娃立刻下马跑过去说道："哎呀！觉如呀！快快起来！"

觉如躺在地上一动不动。茹格慕高娃心急如焚，她想如果觉如真的这么死了，她就真的是百口莫辩了。她这么一想竟然吓出一身冷汗，她抽泣地请求道："哎呀！尊敬的觉如！你还是快快起来吧！"

觉如听到她的请求慢慢地睁开了眼睛。觉如赌气地说道："正骑倒骑都你说了算！"茹格慕高娃不敢反驳，默默地扶起觉如让他骑在马上，自己也骑上去。两人共同骑在一匹马上相安无事地回家了。

两人回到僧格斯鲁可汗营地不久，茹格慕高娃的舅父舅母闻讯赶来看外甥女选的乘龙快婿。他们到达营地便说道："哎呀！听说我们的茹格慕高娃比武招亲选中了如意郎君。我们的姑娘是仙女的化身，想必相中的夫婿也是英雄中的英雄吧！我们特意过来看一看，快快请女婿过来吧！"

觉如的岳父岳母听到此话羞愧难当、无地自容。觉如的岳母炒了一碗麦子，把觉如藏在库房的一处角落，再三叮嘱他："孩子！那些客人离开之前千万不要出来呀！饿了就吃这麦子垫垫肚子啊！记住，不要出来！"

茹格慕高娃的舅父舅母进到大帐幕，便追问道："我们的外甥女婿到底是何方神圣？到现在还不出来见我们！不管是英雄勇士还是平民百姓，总得见人吧！"

听着他们的挖苦，茹格慕高娃的父母支支吾吾回答："是带回来一个孩子，但是那个孩子被别人家邀请去参加宴席了。"

还没等他们继续搪塞下去，觉如流着大黄鼻涕，在鼻涕上粘着几粒麦子慢悠悠地走进来说道："你们找我有什么事？有事快说吧！"本来茹格慕高娃的父母想要把觉如藏起来，不想让他在亲戚面前丢人现眼，也不想因为他让他们在亲戚面前颜面尽失。可是，神通广大的觉如何尝不知道他们安的是什么心思？他故意出来见客人，为难他们，以期让茹格慕高娃的父母以后不敢藐视自己。

茹格慕高娃的舅父舅母一看到觉如，失望至极随之恼羞成怒道："难怪你们不让他出来迎接，原来你们给孩子选的就是这样的夫婿？你们真是糊涂！愚蠢至极！为了惩罚你们的过失，我们先赶走马群！"

舅父舅母气呼呼地走出去，走到马圈，赶着马群走了。觉如追出来看见岳父家的马群被那两个人赶着走，就对家奴说道："快去给我准备盔甲和弓箭，我可是有名的勇士。我去把马群追过来！"

家里的仆人鄙视他说道："就你？自己的鼻涕都擦不干净，还想着追回马群？白日做梦吧你！"说完便再也不理会觉如到一旁干活去了。

茹格慕高娃的父母追出来正好听到觉如的话，以为觉如想要挽回面子而信口开河呢，对觉如置之不理，扭头走了。

觉如看着他们走了，就擅自跑进羊圈，抓住了两只能骑的公山羊出来，跟在茹格慕高娃舅父舅母的后面追赶。不久觉如就追上了他们，将他们两个人，人马不分一阵拳打脚踢后，抢回了马群。觉如将马群归还给了岳父。

　　觉如来到僧格斯鲁可汗的营地有一段时间了。一天，觉如找到茹格慕高娃说道："我要回到自己的故乡去。"茹格慕高娃听了斥责道："你回去能做什么？还不如老老实实待在这里！"觉如听到茹格慕高娃这样说自己，心中不悦，便想要试探一下茹格慕高娃是否真心与他成亲？

　　觉如说是要去捕捉鼹鼠便拿上套索出门了。他走到人烟稀少的地方变身为朝通诺颜，骑马返回了茹格慕高娃的家里。

　　他在茹格慕高娃的帐幕外下马上前寒暄几句便问道："觉如在哪里呀？怎么不见他出来。"茹格慕高娃回答："出门捕捉鼹鼠去了。"朝通立刻话锋一转说道："我是岭部落的首领朝通诺颜啊！想必你也是知道的。我倾慕你已久，想起你嫁给那个混蛋，以后受尽磨难，就很心疼你呀！只要你说让我杀掉觉如，我便不顾亲情把他干掉；只要你说你不愿嫁给他，让他另娶他人，我便安排；只要你想让我赶走觉如，我就罔顾亲情把他赶走；只要你愿意，我就娶你为妻！"

　　茹格慕高娃听后便说道："我只是一个妇道人家，我能做谁的主呢？你不要问我了。其实这是你们家族内部的问题，怎么做你自己决定就好。"

　　临走时朝通再次表明心意道："我已下定决心要娶你！"说完便骑上马走了。

不久后觉如变回原貌回来了。他问茹格慕高娃："方才骑马离开的人是谁呀？"茹格慕高娃回答："是你的亲戚朝通诺颜。"觉如又问："他来这里说什么了？"茹格慕高娃回答："也没说什么，问了一下你就走了。"觉如又追问道："吐伯特离这里那么遥远，他特意来找我，为何不等着我，见上一面再走呢？"茹格慕高娃被追问得不耐烦了，冷着脸回答："谁知道呢！反正就是问了你的情况后骑马走了。"

觉如一听她的冷言冷语便说道："哦，我明白了！我也不问了。"茹格慕高娃一听便恼火了，声色俱厉地高喊道："你明白什么了？你以为是我让他过来的？"觉如看着她火冒三丈的样子也不理会说道："今后，你真是想方设法地想要吓唬我呀！"说完便出门去了。

第二天，觉如又说是出门打猎，找借口离开后，变成巴达玛里老人的儿子巴穆索岳尔扎，骑马来到了茹格慕高娃的帐幕前。他也说了一番与朝通同样的说辞，哄骗茹格慕高娃，最后临走时又说道："我已下定决心要娶你！"便骑马离开了。

很快觉如又回来了。他问茹格慕高娃："方才骑马离开的人是谁呀？"茹格慕高娃回答："说是巴达玛里老人的儿子巴穆索岳尔扎。"觉如又问："他来这里说什么了？"茹格慕高娃回答："没说什么，问了一下你就走了。"觉如又追问道："他特意来这里找我，为何不与我见一面要急着赶回去？我明白了，你是想要召集吐伯特的众勇士，想要杀害我呀！"说完便走了。

次日，觉如施展法术，变成吐伯特的三十名勇士再次前来试探茹格慕高娃。这三十名勇士各个佩戴弓箭、骑着骏马，气势汹汹地来到了僧格斯鲁可汗的营地附近。僧格斯鲁可汗闻讯赶来，派人去打探他们为何而来。

众勇士说道："我们是吐伯特的勇士。茹格慕高娃大张旗鼓到达吐伯特比武招亲，结果觉如脱颖而出。他比我们三十名勇士还要英勇，却跟着茹格慕高娃来到此处，迟迟没有将那个自称是仙女化身的茹格慕高娃娶回吐伯特。今天我们来这里要一个确切的答复：茹格慕高娃到底嫁不嫁觉如？要嫁过去就尽早准备，要想悔婚，就给个痛快话。"

派去的人很快将勇士们的话回禀了僧格斯鲁汗。僧格斯鲁汗见勇士们的气势，惊慌失措地说道："答应这桩婚事吧，看着那个流着鼻涕的小子把自己心爱的姑娘嫁过去始终于心不忍；不答应吧，看着这帮凶神恶煞的吐伯特勇士们，怕惹恼他们殃及整个部落，我们也会惨遭杀害。这可如何是好啊？"

于是他想到一个万全之策。他再次派人回复那三十名勇士。"请你们先回去吧！婚姻大事岂能儿戏！如今我们还没有来得及准备新娘的嫁妆，我们尽快准备妥当，就将茹格慕高娃送过去。我们绝不食言，请大家放心地回去吧！"僧格斯鲁汗想出了一个缓兵之计，想要先把三十名勇士打发回去，再想别的办法。

三十名勇士告诫他们道："我们喜欢痛痛快快地办事。你们嫌弃觉如，想要把茹格慕高娃嫁给别人，你们就尽管试一试！茹格慕高娃非嫁不可，是她自己选上的觉如，可不能出尔反尔。你们要是还想着怎样拖延时间，觉如可能不把你们怎么样，但我们三十人绝不答应！我们这些人，对付你们简直易如反掌，怎么做抉择，你们自己定。你们最好说到做到，不然后果自己负！"说完便不再继续为难他们，而是浩浩荡荡地回去了。

僧格斯鲁可汗被三十名勇士的告诫吓得魂飞魄散，他安排仆人尽快做好准备，好把茹格慕高娃送亲过去。

在岭部落这边。一天，朝通清早醒来，就听说觉如跟着茹格慕高娃到了她的家乡，有一些时日了还没有返回来。心心念念想要娶回茹格慕高娃的朝通，此刻越想越不能坐以待毙。他召集部落勇士们说道：

"大家听着！茹格慕高娃带着随从，带着觉如一起回去了。茹格慕高娃是仙女的化身，只有我朝通诺颜才有资格娶她为妻！觉如那混蛋使用诡计，赢得比赛，娶走了茹格慕高娃。要不然，赢家肯定是我朝通。如今，这个身份悬殊的婚姻，必须阻止！大家迅速拿上弓箭，骑上马，随我一起过去吧！"

朝通诺颜骑上一匹精良的骏马，腰上佩戴好弓和箭，带着大部队，快马策鞭，向僧格斯鲁可汗的营地疾驰而去。

他们到达僧格斯鲁可汗的营地时，僧格斯鲁可汗以为吐伯特三十名勇士再次过来要攻打他们，于是匆匆忙忙地带着众人出来迎接。

僧格斯鲁可汗派人前去询问："你们是什么人？为何来到此地？"

朝通大声回复："我们是从遥远的岭部落而来。茹格慕高娃曾去吐伯特比武招亲，觉如使用诡计赢了她带去的三个神箭手和三个大力士摔跤手。觉如还跟着茹格慕高娃回到了你们这里，他岂能配仙女化身的茹格慕高娃。我们特意为此事而来，我们给茹格慕高娃做主，就是要你们将觉如赶走，别把她嫁给觉如。"

僧格斯鲁汗听到朝通的说辞，便说道："虽然说你们的到来，对我们来讲是雪中送炭的好事。但是，觉如也确实赢得了比赛，这样做恐怕不妥吧！"

朝通便威胁道："我们不是不讲理之人。只是在询问你们的意见而已。你们觉得觉如配不上茹格慕高娃，我们便把他赶走；你们觉得觉如还可以，那么，我们也有自己的安排。我们此行不达目的誓不罢休！"

僧格斯鲁可汗听了朝通的威胁的话不寒而栗。他不知如何回复才能平息对方的怒火，便招来众人商议。片刻后，他再次走到众人面前，说道：

"远道而来的客人，请听好！你们说的话我仔细想过后，要答复你们。觉如参加射箭比赛和摔跤比赛脱颖而出，这个必须得承认。可是，你们说他使用诡计赢得了比赛，那么，不得不重新考验他的技能。因此，我们决定重新举行比赛。而这次比试的内容是赛马。谁人赢得赛马比赛，就把茹格慕高娃嫁给他。有谁不服从这个决定，那就取消比赛资格！如何呀？"

朝通第一个附和道："照你说的办，没有异议！"

参加赛马大赛

三万人来参加赛马大赛。

觉如向天界的父亲霍尔穆斯塔腾格里祈祷，请求他将那匹疾驰如风的枣骝马给他。霍尔穆斯塔腾格里说道："枣骝马可以给你，但是，它要以满身疮痍的两岁马的身形才能下去。只有你显现格斯尔原身时，它才是你的坐骑枣骝马。"

霍尔穆斯塔腾格里的话音刚落，空中刮起一阵龙卷风，随着龙卷风的平息，一匹两岁的满身疮痍的枣骝马驹从天而降，来到了觉如身边。

觉如从远处骑着枣骝马驹一步一步走向三万人的赛马比赛场地。

众人看到了这一对流着金黄鼻涕的骑手和满身疮痍的马驹，都仰头嘲笑。

僧格斯鲁可汗看到这一幕，突然生出怜悯之心说道："哎呀！女婿呀！你想要骑着这匹破马超过那些精良的马匹吗？你是不是要故意输了比赛，让茹格慕高娃被别人抢走啊？还是快快去我的马群挑选一匹精良的骏马过来参赛吧！"

觉如不以为然地说道："再好的马匹，别人的终究是别人的。岳父你说的那些精良的骏马恐怕驮不动我吧？还是骑上我这匹小马驹吧，已经骑习惯了。"

僧格斯鲁可汗见觉如好言相劝也不听，就任由他去了。比赛场地人山人海，被闻声赶过来的附近百姓们围得是水泄不通。三万人马蓄势待发，一声令下，比赛开始了。

三万人马争先恐后地出发，奋力向前飞奔。开始觉如勒住枣骝马驹的缰绳，让它跑在最后。众人看到觉如那满身疮痍的马驹跑在最后面，纷纷惊呼，觉得觉如这次必输无疑了。觉如面无表情地骑在马驹上，一副势在必得的样子。

三万人马奋力前行，展开激烈的角逐。很快便离开了众人的视线不见踪迹了。觉如将那抓在手中的缰绳使劲拉住后一松开，枣骝马驹纵身一跃，便冲到了一万匹马的前头。等奔跑了一段距离，觉如再次使劲拉住缰绳后又一松开，枣骝马驹纵身一跃，这回又追上了前面的一万匹马。等着再跑了一段路程后，觉如第三次使劲拉住马的缰绳又突然一松开，枣骝马纵身一跃，已经跑在三万匹马的前头。

观众席上欢呼声一阵盖过一阵。百姓从未见过如此热血沸腾的赛马比赛。眼看着觉如的枣骝马驹就要追上前面的朝通诺颜的草黄马，草黄马也不甘示弱，拼命往前跑。跑在最前面的是阿斯迈诺颜的灰青马。觉如的枣骝马驹与朝通的草黄马几乎并驾齐驱，不分伯仲。

觉如俯身对枣骝马驹说道：

"枣骝马驹！我的好骏马！我要像英雄一样冲进去，你也要像英雄的马匹一样冲过去。我要你撞上朝通的人和马，将他们人仰马翻，在那草黄马的前蹄上狠狠地踩上一脚，让它最近几天不能再奔跑！"

枣骝马驹应声道："好的，主人！"

眼看觉如的枣骝马驹快要超过朝通的草黄马，朝通诺颜急了，大声喊道："哎呀！觉如你这个混账东西，快快闪开！"觉如却丝毫不让，转头向他喊道："朝通叔父！还是你快让开吧，要是茹格慕高娃被别人娶走了怎么办？"

当朝通的草黄马再次追上枣骝马驹时，早有准备的枣骝马驹突然撞向他们。朝通人和马没有一点防备，被撞得人仰马翻。枣骝马驹趁机在草黄马的前蹄上踩了一脚。

朝通被甩到地上哀嚎道："你这个混蛋！你做了什么？你给我等着！"觉如从不惧怕他的威胁，转头对朝通喊道："朝通叔父！我不是让你闪开吗？你的草黄马挡住我们前进的路了。"

觉如使劲拉住枣骝马驹的缰绳，他以为枣骝马驹既然能赛过三万马匹，超过阿斯迈诺颜的灰青马不在话下，想着便松开了缰绳。可是，枣骝马驹还是没有跑过灰青马。灰青马一马当先，胜券在握的觉如看着枣骝马驹怎么也跑不过灰青马，便大哭起来。焦急万分的觉如哭着对他的马驹说道：

"哎呀！我的好马驹呀！你是怎么了？只剩下阿斯迈诺颜的灰青马了。只要超过它我们就取胜了，让那些小看我的人看看我们的英雄本色吧！冲啊！"

小马驹听着觉如的哭诉无可奈何地说道："哎呀！觉如呀！我虽然是天界的神驹，但也不是万能的，这人间的马匹比我多四个关节，绒毛也比我的多呀！我确实尽力了，但是赶不上灰青马了。你还是向三位神姊求助吧！"

觉如按照小马驹的指示，向天界的三位神姊寻求帮助。三位神姊来到觉如的身边，施展障眼法，遮住在场众人的视线，将那两岁的满目疮痍的马驹恢复原形，变成了高大英俊的枣骝马。枣骝马立刻嚼环冲了上去。

觉如骑在马背上，对着骏马的耳朵说道："我的枣骝马呀！我是格斯尔可汗，你可是我的神驹呀！快快冲过去，撞飞他们，在灰青马的前蹄上踩上一脚吧！"

枣骝马立刻会意，按照主人的吩咐追了过去。转眼间，枣骝马追上了灰青马，用力撞过去。以为要夺冠而沾沾自喜的阿斯迈诺颜毫无防备地被碰撞，立刻人仰马翻摔倒了。枣骝马趁机踩了一脚灰青马的前蹄，便跑远了。阿斯迈诺颜坐在地上痛哭流涕，懊悔地喊着："哎哟！我的灰青快马呀！你快起来！只差一步之遥，胜利就属于我们了！"

跑出一段距离后，枣骝马对觉如说道："灰青马已不再是对手，主人你如愿以偿了吧！"说完，它便变回了两岁的满身疮痍的马驹。觉如的小马驹居然第一个冲到了终点。僧格斯鲁可汗无比自豪地高声宣布："赛马比赛觉如夺冠了！"

就这样，觉如再一次闯过考验，毫无悬念地取胜了。

参加消灭野猪大赛

觉如七岁那年，朝通诺颜再次来到僧格斯鲁汗营地进行骚扰。朝通为首的众人到僧格斯鲁可汗面前说道：

"虽说觉如赛马夺冠，但岭部落的众勇士不服也不承认。众人想要看看觉如真有本事，还是投机取巧赢得了比赛。这次就由我们来定怎么比试。听说附近山林经常出入一头非常凶猛的野猪。如果觉如能够射死这头野猪，把野猪的十三节尾骨切掉拿过来，我们就认同他是真正的英雄。只有真正的英雄才配娶走茹格慕高娃。如何呀？"

僧格斯鲁可汗看着气势汹汹的岭部落众人敢怒不敢言，只好下达命令。

"众人听令：谁人能把那头凶猛无比的野猪射死，再把它的十三节尾骨带过来，就把茹格慕高娃嫁给他！"

　　岭部落的众勇士，闻讯赶过来的众百姓齐聚万人参加了这项比赛。众人纷纷出动想要射死那疯狂的野猪。觉如不敢掉以轻心，拿着弓和箭，仔细寻找野猪的踪迹。功夫不负有心人，觉如第一个看见了那头野猪。那头疯狂的野猪，发出令人惊恐的叫声，来回摆动着粗大的尾巴正在刨地。野猪粗大的尾巴用力一甩，一百棵树木顷刻间被压倒，很是可怕。

　　觉如施展法术，拿出从父亲霍尔穆斯塔腾格里那里得到的那张黑色硬弓，又抽出一支白翎箭按到弓弦上，对准野猪的脑门儿，放手射出了箭。箭准确无误地击中了野猪脑门儿，野猪被射死了。

　　觉如如愿以偿地射死野猪，正在切割野猪的十三节尾骨时，朝通骑马过来了。

　　朝通诺颜看到地上躺着的野猪被觉如切割尾骨，立刻眉开眼笑起来。他对着觉如假惺惺地、花言巧语地说道："哎呀！真是太好了！不愧是我们家族的骄傲，小英雄觉如呀！你才是名副其实能够配得上茹格慕高娃的勇士！觉如呀，我的好侄儿！你把野猪的一节尾骨送给我吧。叔父要把它挂在缰绳上向大家炫耀一番。我会说是我侄子觉如将那头疯狂的野猪射死，割下尾骨给我的。今后叔父我不再打你骂你了，待你比亲生儿子还亲，怎么样啊？"

　　觉如早就看穿了朝通的坏心思，却想要顺势戏弄他一番，便说道："可以的，叔父！我拿走也是毫无用处，不如留给叔父你吧！不过，我想要叔父的一支羽箭用一用啊！"说着觉如把野猪尾骨割下来后，将其中的三节尾骨藏了起来。

朝通一副奸计得逞的模样说道："哎呀！一支羽箭算什么，给你！"说着从箭筒中抽出一支羽箭递给了觉如。觉如也把手中拿着的十节猪尾骨递给了朝通。

朝通诺颜一口气骑马来到狩猎的众人面前，举着缰绳，信口开河道：

"你们可以停止狩猎野猪了。岭部落的首领朝通诺颜，也就是我，亲自射死了那头疯狂的野猪。我还把它的十三节尾骨割下来，挂在缰绳上做了装饰品。你们好好看看吧！从此，茹格慕高娃就属于我了。"

觉如不慌不忙地来到众人面前，对着朝通说道："哎哟！朝通叔父！你为何如此奸诈狡猾呀？拿着我射死的野猪尾骨，将它占为己有，还恬不知耻地说是你自己射死了野猪。你请求我让给你野猪尾骨，说是想要挂在缰绳上炫耀一番，原来你打的是这个主意呀！你可真是厚颜无耻呀！"

朝通以为觉如手中没有证据，他死不承认这件事情，还反咬一口，污蔑觉如在说谎话。朝通理直气壮地对觉如说道："看看这东西说的什么话！野猪尾骨在我手中，你非要信口雌黄说是你射死的。你如此费尽口舌不就是想要抢走这些野猪尾骨？你有什么证据说明是你射死的野猪呀？你呀就会睁眼说瞎话！"

觉如听了他的歪理不由得笑出了声。他无畏无惧地对着朝通说道："哎呀！既然叔父如此说，那我就给你看看证据吧！这可是你的羽箭吧？"说着拿出了一支羽箭展示给众人看。觉如又接着说道："朝通叔父呀！你就不怕做贼心虚吗？你看看那缰绳上的野猪尾骨一共是多少节呀？"

朝通拿着缰绳上的野猪尾骨一数，结果少了三节。

觉如再次说道："不知羞耻的骗子。我早就看穿了你的阴谋，所以自己留了心眼以防万一，把三节尾骨藏了起来。大家看看！这就是其余的三节尾骨。"说着便从怀里拿出野猪的三节尾骨展示在众人面前。

朝通自知理亏、无法反驳，又当众出丑，丢了脸面。他羞愧难当，转身走了。

参加斩杀万头野牦牛大赛

觉如八岁那年，朝通诺颜再次来到僧格斯鲁可汗的营地挑衅滋事。他以娶不到茹格慕高娃誓不罢休的架势，再次前来骚扰。而这一次，他带领一万人马过来了，其中就有觉如的父亲桑伦和另一个叔父查尔根。他们被朝通威胁后一同而来。

朝通诺颜走上前来到僧格斯鲁可汗面前，大言不惭地说道：

"觉如来到你们营地很长一段时间了。我们此次过来是想帮助你试探觉如的真本领。他要是本领见长可以娶走茹格慕高娃，可他要是毫无长进，朝通诺颜我第一个不答应。这一次，我们要狩猎一整天。他要是一天内射杀一万头野牦牛，将一万头野牦牛的肉装进一只百叶肚里面，并且能够在一天之内在大江上开辟出渡口，说明他的本领日益见长，他才有资格娶走茹格慕高娃，如何？"

僧格斯鲁可汗经过前几次的交涉，知道朝通的性格嚣张跋扈，凶狠狡诈，他也惧怕朝通的势力，一不小心就会被灭了营地。所以，只能昧着良心答应了朝通的无理要求并下达了命令。

于是，众人纷纷闻讯赶来参加这次一整天的狩猎比赛。

茹格慕高娃看到觉如没有自己的弓和箭，很是同情觉如。她跑到牧驼人、牧马人和牧羊人那里去借，将他们的弓和箭都拿过来递给觉如，再三叮嘱他要好好使用，不要弄坏。

觉如想试一下这些弓和箭好不好用，便随手挑选了一张弓和一支箭，把箭按在弓弦上轻轻一拉，那弓和箭就断成了两截。觉如又拿了几张弓和几支箭拿在手中试着拉了一下，谁承想没有中用的，都被觉如拉折了。觉如索性将那些弓和箭都一一折断后，两手空空打猎去了。

觉如到达狩猎场地时，众人正在到处搜寻着野牦牛。众人你追我赶、争先恐后地胡乱射箭，忙得不可开交。觉如不与他们为伍，独自走到一处，施展法术，很快便捕杀了一万头野牦牛。他动作迅速将那一万头野牦牛的肉剔下来装进了其中一头野牦牛的百叶肚里面。他又割下其中的一条牛尾巴，将它高高地挂在一根大木棍上面举在手里。迷路的一群猎人看到了便循着找过来，跟在了觉如的后面。

狩猎场的附近有一条大江叫作敖格敦江。觉如过去时一群人正在寻找渡口，但是谁也没有找到。觉如思索一下，便想出了一条妙计。他转身跑进山里面，抓来一头野牦牛，把它赶进江水里面。那头野牦牛竖起双角渡了过去；觉如又抓来一头野驴，把它赶进江水里面。那头野驴斜着身子渡了过去；觉如再次跑进山里，抓来了一只黄羊，把它赶进江水里面。觉如施展法术，使得朝通望见的这只黄羊渡过去的地方水位最浅。等到黄羊渡江后，觉如大声说道：

"三位诺颜，这就是我为你们找到的渡口，请三位自己选择渡口渡江吧！"

朝通唯恐好的渡口被别人占去，赶忙说道："我从黄羊的渡口渡过！"

觉如的父亲桑伦看了一眼觉如便走过来说道："我要从野驴的渡口渡过！"

查尔根叔父走过来对觉如说道："孩子，你给我做主吧！"觉如说道："那，查尔根叔父，就从野驴的渡口过江吧！"

桑伦带头，查尔根和众多猎人跟着他从野驴的渡口陆陆续续渡江到了江对岸。

朝通因为选择了黄羊的渡口，满以为水位最浅很容易渡江。

没想到不一会儿便被急流冲走，吓得朝通在水中声嘶力竭地大喊大叫："哎哟！觉如呀！我可爱的侄儿呀！快救救我！"

觉如听到他的喊叫声，手中拿着马鞭子便跳进了水里。觉如游到朝通身边，用鞭子套住朝通的脖子，把他拉向岸边。快到岸上时，朝通劈头盖脸地责骂觉如道："你这个混账东西！你这是拉我上岸呢，还是要趁机勒死我呀？哎哟！"

觉如听到他的辱骂声，索性就松开手，收回了套在朝通脖子上的鞭子。已经筋疲力尽的朝通没能自己走到岸边，当急流再次冲过来时，又被吞进了江水里。他拼命地挣扎了一阵，便向觉如请求道："哎呀！好侄儿，快救命啊！"

觉如听到他撕心裂肺的喊叫声，于心不忍，便又一次跳进了江里。觉如游到朝通身边，一把抓住他的头发，连拉带拽游向岸边。觉如心中带着怒气，下手没轻没重的，所以没想到游到岸边时，朝通的头发被觉如薅得差点成了秃头。朝通生气地说道："好你个觉如！你这是要救我呢，还是要我成为秃头，让人嘲笑呢？"

觉如看着他不领情反而还责怪他下手重，气不打一处来，一把将朝通推进了江里。朝通还没爬起来，再次被急流冲走了。这一回，他怕死在江水里，便扯着嗓子求救道："哎呀！觉如呀！快拉我一把，不然我就要淹死了！"

觉如还没有消气便装作视而不见，不理睬他。刚刚来到江边渡口的一群人见了便劝说道："哎呀！朝通诺颜已经奄奄一息了，觉如呀！快救救他吧！"

觉如施展法术，将手中的鞭子变成了一把锋利的双刃剑。觉如再一次跳进江里，游到朝通身边，把双刃剑伸了出去。朝通为了活命，不得不紧紧握住刀刃。觉如游在前面，将握紧刀刃的朝通拉住，游向岸边。出于求生本能，在水里朝通根本没有感觉到疼痛，但到了岸边，他放开刀刃后，发现两只手掌已经血肉模糊，鲜血直流。朝通立刻感受到了钻心的疼痛，声嘶力竭地对觉如说道：

"哎呀！觉如呀，你这是拉我出来呢，还是想要切断我的两只手啊？"

觉如听到他有气无力的抱怨声便说道："叔父，比起丢掉性命，这点小伤算什么！很快就会痊愈了。多行不义必自毙！叔父，还是闭嘴休息一下吧！"说完，扔下朝通头也不回地走了。

夜幕降临时，狩猎的众人决定在野外过夜。夜间天气降温，很是寒冷，一群人没有找到点火的干牛粪、干树枝等，只好冷得瑟瑟发抖。

朝通诺颜有一条大黄狗，那狗能听懂人的语言。朝通想知道觉如和一群猎人围坐在一起商量什么事，便把大黄狗叫过来，吩咐道："你悄悄去觉如那边，听一听他们在说什么？快去快回！"

大黄狗领命悄无声息地来到了觉如他们这边。觉如施展法术，早已知晓朝通会派出他的那只听懂人话的狗，过来偷听。当大黄狗藏在他们身后偷听时，觉如便提高嗓门故意对围坐在一起的猎人们说道：

"明天我们会经过弓箭河。那河里有数不尽的上好的弓和箭，你们一定要好好收起来。今天晚上就把随身携带的弓和箭都拿出来毁掉吧！正好可以当柴火。省得到时候加重身上的负担；我们随后会经过靴子河，那河里有数不尽的好靴子，你们一定要好好挑选几双放起来。你们把自己穿的靴子挂在犏牛角上也行啊；今晚，天气寒冷，你们三人一组，用膝盖做锅撑子煮饭，吃完再好好睡个觉。"

大黄狗跑回去，将觉如的话一五一十地转告给了朝通诺颜。朝通诺颜召集自己的部众，按照觉如说的一字不落去进行。朝通的部众不敢违抗诺颜的命令，只好先将自身携带的弓和箭都折断了，当柴火。他们还脱掉了自己的靴子，将靴子挂在犏牛角上。最后他们三个人一组，用膝盖做锅撑子，点火做饭。当火势烧得旺盛，那些人各个被烫得收起自己的腿脚，把大锅推向一边。大家烫得东跳西蹿的，大锅也被踢得东倒西歪的。他们的食物被撒到地上，七零八落的。他们不仅被烫伤疼痛难忍，还没有饭吃，饥寒交迫地度过了漫长的一整夜。

第二天，黎明时分，朝通诺颜来找觉如兴师问罪。

他横眉竖眼看见觉如就喊道："哎呀！觉如呀！你这个坏孩子，你真是存心不让我好过，是吧？"

　　觉如装作毫不知情，他问道："叔父呀！你说的哪里的话，到底怎么了？"

　　朝通嚷嚷道："你不是说我们会经过弓箭河和靴子河？弓箭河在哪里？靴子河又在哪里？你快说！"

　　觉如不紧不慢地说道："哎呀！叔父呀！你是从哪里听说得这么不着边际的话，哪有什么弓箭河和靴子河？我怎么不知道呢？"

　　朝通一听这话着急忙慌地问道："你不是说经过弓箭河会得到很多上好的弓和箭；经过靴子河就会得到漂亮的靴子吗？莫非你信口开河、胡编乱造的？"

　　觉如不解地问道："叔父呀！是谁这么告诉你的？"朝通脱口而出道："是我的狗告诉我的，它无意间听到了你们的谈话，回去说的。"

　　觉如捂着嘴笑了一下说道："叔父你可真是一个了不起的人物！竟然能与狗谈话，还特别相信狗说的话，你真厉害呀！"

　　朝通听得出觉如的嘲讽，但他无言反驳，他确实听信了大黄狗的话来找觉如算账。只是没想到被觉如嘲笑了。他羞愧难当转身走了出去，不一会儿又返回来带着讨好的语气说道："侄儿呀！听说你昨夜做了一个梦，是什么梦呀？"

　　觉如皮笑肉不笑地看着他说道："叔父呀！我确实做了一个梦！我梦见如果射杀黑色野牦牛就有不祥之兆，射杀花面野牦牛就会大吉大利。"

第二天黎明，众人出动去山上捕猎。朝通诺颜骑着黑骏马，带上弓和箭也带着部众出去狩猎。他在捕猎途中遇到黑色的野牦牛从不射杀，就怕给他带来厄运。

他四处寻觅着花面野牦牛，天亮之时，正巧看到一头黑色野牦牛，额头上顶着一大块白霜。急切地想要射杀花面野牦牛的朝通诺颜，以为这就是他在找的猎物，便快马加鞭追了过去。朝通诺颜穷追不舍，追赶了一段后发现，那花面野牦牛变成了黑色野牦牛。原来，花面野牦牛跑累了，额头上的一大块白霜也随之融化掉了。

朝通唉声叹气道："哎！追了半天原来是黑色野牦牛！幸亏及时停手，没有射死，差点酿成大祸呀！"说着，他调转马头，朝着另一处去寻找。这时，迎面跑出来一头花面野牦牛，朝通见了那叫一个高兴。所谓踏破铁鞋无觅处，得来全不费功夫，朝通兴高采烈地骑着黑骏马，带着大黄狗追了上去。

这头花面野牦牛好像通灵性，知道有人要迫害它，便使劲向前奔跑。朝通岂能放过他，紧随其后，对它穷追不舍。他赶着赶着竟然将这头花面野牦牛赶到了觉如的面前。朝通从狩猎开始急功近利，一直追着野牦牛跑，已经疲惫不堪。

他看到觉如心念一动便说道："觉如呀！好侄儿！快快给我射死这头野牦牛！"

　　觉如顺着他的话说道："哎呀！叔父！我的箭法不准，万一不小心射死了你的黑骏马和大黄狗，可怎么办呀？还是别让我射了吧？"

　　朝通一心想要射死花面野牦牛，想要大吉大利，便急不可耐地再次请求觉如帮忙。他说道："好侄儿呀！黑骏马和大黄狗不小心射中就射中了吧！只要你给我射中野牦牛就行。"

　　觉如无奈道："既然叔父这么通情达理，那我就射一下吧！可是我的小马驹根本追不上那头野牦牛啊！叔父，你快骑马带着大黄狗去把它围追过来，我从这边射死它。"

　　朝通听着觉如的话有道理，便骑马过去围追那头野牦牛。等到野牦牛靠近觉如的时候，他勒住缰绳坐稳，弯弓搭箭，射了出去。觉如的箭一箭三雕，不仅射死了野牦牛，还把朝通的黑骏马和大黄狗也射中了。朝通从马上跌落下来，对着觉如一顿臭骂：

　　"哎哟！我的黑骏马、大黄狗啊！觉如你眼瞎啦？我让你射死野牦牛，你竟然还射死了我的马和狗，你这个混账东西！"

　　觉如很是无辜地说道："哎呀！叔父！我不是说过我的箭法不准吗？我说别让我射箭，你非要让我射箭，这下好了，不小心射死了你的马和狗，还要被你骂。叔父！事已至此，你再后悔也无济于事了。还是去看看那头野牦牛吧！"

　　朝通闻言，恍然大悟，他迅速跑过去查看那头野牦牛的额头。他痛心疾首地说道："哎哟！觉如呀！我明明看见它是一头花面野牦牛，现在怎么就成了黑色野牦牛啊？这可怎么是好啊？难道我从此要厄运缠身？"

觉如看着他失去了心爱的黑骏马和大黄狗悲痛欲绝，又误杀了黑色野牦牛而坐立不安的样子，假装很是同情他，便上前安慰道："哎呀！叔父！射死黑色野牦牛是不祥之兆！你的马和狗已经死了，所谓破财免灾，这样厄运也就抵消了。"

朝通伤心欲绝，有气无力地说道："希望如此！"朝通诺颜的那匹黑色骏马是有名的精良马，而那条大黄狗可是能通晓人话的狗。朝通诺颜因自己的贪念，瞬间失去了这两只心爱的牲畜。他引以为傲的马和狗，就这样被觉如给射死了。

狩猎结束，参加狩猎的众人陆陆续续回家了。

茹格慕高娃听说狩猎的众人纷纷返回，就出门去迎接觉如。

她迫切地想知道狩猎的赢家是谁，正想着找人询问时，在人群中看到了查尔根诺颜。她赶忙上前问道："这一整天的狩猎当中，谁射死了一万头野牦牛？又是谁在敖格敦江找到渡口的啊？"查尔根诺颜回答："除了我孩子还能有谁呀！"茹格慕高娃听的是云里雾里的，急忙问道："你孩子叫什么名字？"查尔根诺颜见她如此刨根问底的就有些不耐烦，并没有回答而是直接走开了。

茹格慕高娃正在踌躇着下一个找谁询问究竟时，碰到了朝通诺颜。她上前问道："这一整天的狩猎当中，谁射死了一万头野牦牛？又是谁在敖格敦江找到了渡口啊？"朝通装作一本正经地说道："除了我儿子阿拉坦，其他还能有谁呀！"

茹格慕高娃听后喃喃自语："这可就奇怪了！询问了两位诺颜，他们都说是自己的儿子，那狩猎的赢家到底是谁呀？"越想越感到不痛快，也没心思去迎接觉如，自己一个人无精打采地回去了。

没过多久，觉如骑着一头牛，手中拿着一根大木棍，上面挂着一个沾满牛粪的百叶肚回来了。觉如的岳母笑眯眯地走了出去。她想要帮助女婿卸下野牦牛肉。她接过百叶肚一看，立刻就气炸了。哪里有什么野牦牛肉啊，而是一个沾着牛粪的脏兮兮的百叶肚。她唉声叹气道："哎哟！那些该死的猎人，竟然敢骗我呀！"

觉如的岳母费力地将百叶肚扔到了帐幕的天窗上。不料，天窗无法承受这份重量，一扔上去，使整个帐幕随之都塌了下来。

岳母大惊失色，赶忙问觉如："哎哟！女婿呀！这里面是什么东西？怎么这么沉啊？"觉如不慌不忙地回答："这个就是沾牛粪的百叶肚呀！"说着觉如把帐幕的柱子立起来，重新搭建了帐幕。

随后觉如提着百叶肚，将里面的野牦牛肉给倒了出来。岳母准备将这些肉煮上，就挖了灶台，搬来了一口大锅。觉如过去说道："岳母，我带过来的这个百叶肚里面的野牦牛肉，一口锅里可装不下呀！还是把附近邻居们的大锅都借过来吧！"听了女婿的话，岳母派仆人去借来大锅。

于是，他们家便开始热闹起来。一部分人出去借来周围邻居家的大锅；一部分人开始挖灶台；一部分人开始抬水倒入锅中；一部分人开始煮牛肉。忙碌了一阵，当鲜美的牛肉香味飘满营地时，营地的百姓们纷纷过来饱餐一顿。觉如的岳母，享受美食，忘乎所以，一不小心吃进了一整头牛肉。岳母吃得太多了，无法消化，肚子胀得难受，滚来滚去，折腾一番后，已经奄奄一息了。

觉如看着岳母的身体并不乐观，对众人说道："哎呀！岳母！你可千万不要撑死呀！"说完，他跑出去，找来了一庹长白色的木棍。觉如拿着木棍在岳母的腹部上，上上下下、来来回回，擀了三次。岳母经他这么一折腾，上吐下泻一番，竟然神奇地恢复了。

参加拔取凤凰羽毛大赛

觉如九岁那年，朝通诺颜又过来挑衅。

朝通诺颜在敖格敦江吃尽苦头，等到身体渐渐恢复后，又开始揣摩起如何找觉如报仇雪恨。他带着部众再一次来到僧格斯鲁可汗营地并派人传话道：

"最近，听狩猎的人们说，在森林里追赶猎物时，看见了一只金凤凰。它在一棵参天大树的枝头上筑巢了。听说觉如箭法了得，那就让他射死金凤凰，取来最美丽的两根金翎羽，我就心服口服。要不然他别想这么容易娶走茹格慕高娃。"

僧格斯鲁可汗听了朝通的要求无奈地说道："哎哟！他们这

些人，来到此地肯定会惹是生非，还是答应他们的要求，尽早让他们回去的好啊！"为了避免引起事端，他再一次妥协了。然后，他下发命令道：

"你们听好！这次谁能射死金凤凰，并取来它的两根金色翎羽，就有资格娶茹格慕高娃为妻！"

聚集而来的人们纷纷蠢蠢欲动。他们为了娶走仙女的化身茹格慕高娃再一次意气风发地出发，去森林里寻找所谓的万鸟之王：金凤凰。

觉如留在营地里，等众人纷纷出发片刻后，他才慢悠悠地追了上去。当觉如到达那棵参天大松树底下时，众多猎人已经聚集在那里，正朝着金凤凰的巢穴，争先恐后地胡乱射箭呢。有几名在百姓中号称是神箭手的勇士们射出去的箭，连金凤凰的羽毛都没有射中。巴达玛里老人的儿子巴穆索岳尔扎一箭射中了金凤凰的巢穴，却很遗憾也没有打中金凤凰。

金凤凰栖息在松树的枝头，对树底下人群的喧闹置若罔闻，它偶尔发出奇妙的叫声；阳光照在它那一身金黄色的羽毛上，闪闪发亮，光彩夺目。

觉如走过去，用最温和的声音夸赞道："哎呀！听听这声音，多么的美妙呀！你的声音如此婉转动听，不知脖颈会是多么的耀眼夺目呀？"金凤凰听到了觉如的赞美声，不自觉地伸着脖子让众人观赏它那修长美丽的脖颈。

觉如接着夸赞道："哎呀！看看这脖颈，多么的修长呀！你的脖颈如此高贵，不知你身上的羽毛会是多么的绚丽灿烂呀？"金凤凰听后，心里美滋滋的，立刻向前走了一步，展示出了全身的羽毛。

觉如见了连连夸赞道："哎呀！看看这美丽的羽毛，多么的让人心潮澎湃呀！要是能看到金凤凰展翅开屏，会是多么的光彩夺目呀？"金凤凰被觉如夸得眉飞色舞，一不小心便得意忘形地展开翅膀，做了起飞的动作。

觉如乘胜追击，更加赞不绝口地夸赞道："哎呀！看看这绚丽夺目的金色翅膀！多么的高贵典雅、多么的让人难以忘怀呀！可是，站得太远，我无法用言语表达此时此刻的心情呀！能否再往前一点，接受我最诚挚的谢意呢？"金凤凰听了，不自觉地朝着觉如飞下来。众人看见这一幕，纷纷惊叹于金凤凰的美丽，又被它那一身闪闪发光的金色羽毛闪耀的睁不开眼。

觉如施展法术，他若无其事地来到金凤凰身边，从它的尾部抽走了两根最长最美丽的翎羽。金凤凰发出奇妙的叫声，飞向了天空，转眼不见了踪影。

众人都想亲眼看看金凤凰的翎羽，于是围着觉如蜂拥而上。觉如巧妙地钻出众人的包围，骑马来到了茹格慕高娃的帐幕面前。

朝通带着岭部落的众人紧随其后，来到了僧格斯鲁可汗的营地。只见觉如从容不迫地走进茹格慕高娃的帐幕，将那两根金色的翎羽送给了茹格慕高娃。

茹格慕高娃大喜过望，立刻心花怒放，笑逐颜开了。

朝通诺颜几次三番想要拆散觉如和茹格慕高娃的姻缘，屡遭失败。他想要娶走茹格慕高娃的美梦彻底破灭了。

第六章 格斯尔显现真身

建观世音庙报父母恩

觉如十岁那年。

有一天，觉如出门打猎时正巧碰到了一个五百人的商队。他们是属于一个叫塔斯奇国的国王名叫额尔敦汗的五百名商队。他们受额尔敦汗的命令去了另一个国度，那里的国王叫太平汗，他们到那里置办货物，正在返程的路途上。他们满载而归，携带回去的物品琳琅满目，应有尽有。而且这群商人各个身怀绝技，手艺高超。

觉如迎面走过去问道："你们是谁呀？从哪里而来？又要往何处而去？"

商队的领头一个叫达兰台斯琴，一个叫达兰台乌仁的两个人回答："我们是塔斯奇国的额尔敦汗的五百人商队。我们去了太平汗那里置办了一些物品，正往回返呢！你是何人啊？"

觉如傲慢地回答："你们不用知道我是谁。你们都置办了什么？让我看看！"

那些商人觉得觉如无理取闹，便不想理会，继续赶路了。他们无视了觉如的话，觉如非常生气，便决心要好好惩治他们。觉如看着他们走远，便施展法术，变出二十名勇士和一群毒蜂，去袭击商队。五百人商队被突如其来的一群毒蜂攻击，搞得不知所措，便想要四处窜逃，又被二十名面无表情、无比威严的勇士们包围着逃也逃不了。他们瞬间被那一群毒蜂折磨得遍体鳞伤，濒临死亡的边缘。

觉如走到他们身边时那二十名勇士齐齐开路，那群毒蜂也不蜇觉如。五百名商人这才恍然大悟，知道他们惹了不该惹的人，纷纷面向觉如哀求道："救命啊！"领头的达兰台斯琴和达兰台乌仁来到觉如面前苦苦哀求道：

"这位勇士！你就放过我们吧！我们不知道这里是你的领地就前来冒犯了。请你饶恕我们的命吧，你有什么要求尽管提就好，我们愿意为你效劳！"

觉如命令他们给他看了五百名商人置办的货物。那些货物中世间奇珍异宝应有尽有，让人眼花缭乱。觉如知道他们这群人各个手艺高超，就想到了一件事。他想到凡间父母的养育之恩，便命令商队要建造一座观世音庙。

于是，觉如对他们说道："我可以饶过你们的性命。但是，你们要服从命令！"

商队的领头达兰台斯琴和达兰台乌仁立刻附和道："哎呀！

你就是十方圣主格斯尔可汗吧？多谢圣主饶恕我们！这些世间奇异珍宝你想要就都给你吧！你要让我们做你的仆人我们也心甘情愿。"

觉如听后说道："你们说得对！那就这样，走吧！"说完，他立刻收回了那些勇士和那群毒蜂，带着商队回到了自己的营地。

觉如对商队的人们吩咐道："我看你们带着奇珍异宝，满载而归。我也看出你们各个手艺高超，无所不能。那就命你们用金、银、铁和石头四种材料，建造一座富丽堂皇的观世音庙吧！"

商队按照觉如的吩咐，开始建造起来。他们在河流上用石头架起了一座拱桥；他们又搬来巨石做成柱子，竖立起了石柱；用铁做好椽子；用铅做好窗台；每个窗子上都镶嵌了一颗火光珠，让屋子里面充满光亮；宫殿的内顶嵌满银片、外顶铺满金瓦片；在殿中宝顶上又镶嵌了一颗巨大的夜明珠，发出绚丽的光芒。

他们又将一些石头从石拱桥中抽出来，巧妙地把甘露水引入其中，使得宫殿下方就有甘露水可以缓缓流淌。在寺庙的院子里，栽了各种各样的树木，种上了千姿百态的花卉。院内河水中朵朵莲花盛开着，绿叶红花真是美得让人陶醉其中。他们在宫殿内精心雕刻了一尊观音菩萨像，放在大殿中央。

五百个商人建好了观世音庙，他们的领头达兰台斯琴和达兰台乌仁来到了觉如面前恭恭敬敬地说道：

"威震天下的十方圣主，

格斯尔可汗呀！

暴风骤雨吹不倒，

灯火香烛永不灭。

甘露泉水从不断，

四季如春永不变。

金碧辉煌宝顶庙，

尽善尽美已建造。

不知圣主如何想，

是否满意这座庙？"

觉如连连称赞道："你们不愧是身怀绝技、手艺高超的人们啊！你们建造了精美绝伦、富丽堂皇的观世音庙，我要感谢你们啊！你们可以回去了。为了你们能够安全到达目的地，我会派二十名勇士一路护送你们，你们可以启程了！"

两位领头领旨后，五百人商队启程出发了。

十方圣主格斯尔可汗，就这样，在十岁时，为了报答凡间父母的养育之恩，建造了观世音庙。

圣主格斯尔可汗，在十一岁时，捉住并除掉了传播瘟疫疾病的一个叫如格木那格布的恶鬼。十二岁时，他又捉住并杀掉了传播水肿病的、耳戴铁环的恶鬼。十三岁时，捉住并消灭了炭疽之首的一个长着巨头的病魔恶鬼。他为民除害，让民众远离恶病恶灾，使人们过上了安居乐业的生活。

与阿珠莫尔根相遇

觉如十四岁那年。

一天，觉如骑着枣骝马驹，腰间挂上弓和箭，出门打猎。他悠哉悠哉来到了一处海边。他看见一个英俊的青年站在海岸上，注视着一望无际的海面。

觉如下马，将马拴在附近的大树上，自己走到海边想要俯身喝水。他在海水中看见了自己流着鼻涕的倒影，便随手抓起衣襟擦了一下鼻涕，用海水洗了脸，走到了英俊的青年身边。他走过去，仔细端详这个陌生的青年，不禁感叹道："哎呀！世间竟有如此英俊潇洒的男子呀！"他想认识一下这名美男子，便问道：

"你是谁呀？为何站在这里？你是想要钓鱼吗？"美男子看了觉如一眼，却什么话也没事，继续静静地站着。

觉如何时受过这种窝囊气，立刻挑衅对方，说道：

"你是何人？长着嘴巴不回话，是不会说话？有本事就比试比试！"

美男子见觉如不依不饶就答应："好，来吧！"说着做出了摔跤的动作。美男子突然抓住觉如的手臂将他扔了出去，觉如毫无防备被摔到地上，疼得龇牙咧嘴。觉如心想："这英俊的男子还真是力气大呀！"他立刻施展法术，将自己变成了一个超级大力士。

觉如对美男子说道："都说男子汉摔跤三次，拍尘四次。重新开始吧！"这回，觉如迅速地抓起美男子的手臂将他扔了出去。美男子抵不过觉如的力气，被摔到地上。但是，美男子绝不服输，立刻爬起来再搏斗。觉如前后三次将美男子摔到了地上。美男子在摔跤格斗中屡屡被觉如放倒，他不肯罢休，对觉如提议道："要看英雄本色，光摔跤不可以啊！这回就射箭吧，你敢不敢？"

觉如立刻答应道："可以啊！那就射箭！"说着，立刻拿出了弓和箭。正在他们踌躇着要射什么东西时，他们身边经过七头野牦牛。美男子对觉如说："你先射！"

觉如不慌不忙地拿起自己的弓箭，瞄准好后，射了出去。一箭射穿了七头野牦牛的头部，箭杆稳稳地扎进了地里。觉如看着美男子得意洋洋地说道："怎么样？我厉害吧！"他的话音刚落，他们身边又经过了九头野牦牛。美男子拉开弓箭，瞄准好后说道："这回让你见识一下我的箭法！"说着便射了出去。美男子的箭法也毫不示弱，一箭射穿了九头野牦牛的头部后，箭杆深深地扎进了岩石里面。

觉如目瞪口呆地看着眼前的这一幕，心想："这英俊的男子不仅外貌俊美，还是一个神箭手啊！"正在觉如沉思之际，一头疯狂的野牦牛直直地朝着觉如袭击过来。觉如回过神着急忙慌地射了一箭，箭没有射中。美男子嘲笑觉如说道："现在轮到我了。你好好学一学！"便射出了箭。那箭非常神奇，追着那头野牦牛而去，终于将它射死了。

觉如感到无地自容，他悄悄地跑过去，拔出野牤牛身上的箭，夹到了自己的腋下，顺势躺在地上装死。美男子看着觉如的一番操作，知道他是装的，便走到他的身边说道：

"我是龙王的女儿阿珠莫尔根。我的本领可不止这些。昨天我杀死了阿马岱之子铁木尔哈岱，抢了他的沙毛马，将其据为己有。今天我要杀掉你这个傲慢无礼的家伙，将你的枣骝马驹占为己有。"说完，走过去，牵来枣骝马驹便走了。

觉如此刻知道了美男子的身份，原来她就是龙王之女阿珠莫尔根。觉如非常欣赏阿珠莫尔根的美貌和才能，想要娶她为夫人。他冥思苦想了一会儿，便想到了一个妙计。他施展法术，将自己的一个化身变成了另外一个陌生人，让他悄悄地跟在阿珠莫尔根身后。过了一段时间，觉如让自己的化身大声叫喊起来：

"哎呀！不好啦！十方圣主格斯尔可汗被龙王之女阿珠莫尔根杀害，还抢走了他的枣骝马驹。他的哥哥扎萨希格尔听说后，已经召集三十名勇士过来了。他们说要杀死阿珠莫尔根，铲平龙王的宫殿，为格斯尔可汗报仇呢！"

阿珠莫尔根一听这话，便知道那个傲慢无礼的男孩子就是格斯尔可汗。她自知闯了大祸，便开始心惊胆战，唯恐扎萨他们过来找她寻仇。

她不得已将自己盘起来藏着的头发披散下来。她解开右侧的发辫，握在右手中，喃喃自语道："请保佑我父亲和哥哥不要受到牵连！"说完使头发顺着右侧肩膀垂了下来；她解开左侧的发辫，握在左手中，说道："请保佑我母亲和弟弟不要受到牵连！"说完使头发顺着左侧肩膀垂了下来；她握住了脑后的发辫，说道："请保佑家中奴仆不要受到牵连！"说完便将头发顺着后背垂了下来。

觉如见姑娘把头发披散下来后，更加清秀美丽了。觉如立刻追了上前，走到阿珠莫尔根身边说道："刚刚与你又是摔跤又是射箭的，出了一身汗。现在口渴难耐，不如我们去海边喝口水吧！"阿珠莫尔根跟着她来到了海边。

觉如俯身想要喝水时，在海水中发现了晃动的剪影。他大吃一惊，心想："还没人敢从我身后射箭呀！"他转过身子，发现阿珠莫尔根正拉着弓箭站着。

觉如以为阿珠莫尔根要射死他，便大声呵斥道："你要做什么？你是想要射死我吗？"阿珠莫尔根忙解释道："千万不要误会呀！我并不是要射死你，我这是在瞄准海里的大鱼呢！不信，你可以回头看看！"

觉如朝着海面望去，只见一条大鱼浮在海面上，周围的海水已经染成了红色。

两人一起喝过了海水，觉如对阿珠莫尔根说道："哎呀！喝了海水终于解渴了。我现在下水游一会儿，你在这里等着我！"说完便脱掉衣服跳进了水里，游走了。觉如一口气游到了对岸上。

阿珠莫尔根等着觉如，等得不耐烦了，便脱下自己的衣服跳到了海里。

觉如坐在对岸上，望着这边发生的一切。他看到阿珠莫尔根跳进水里后，就施展法术，刮起了一阵大风，将阿珠莫尔根的衣服全都刮到了一棵大树的枝头上。

随后，觉如又返回来，上岸后将自己的衣服穿好等待着。阿珠莫尔根的衣服因大风都被吹走，挂在树枝上，她便请求觉如帮忙。

觉如对着她说道："我帮助你也可以。但是你要嫁给我，做我的夫人！"阿珠莫尔根早就听说了格斯尔可汗的威名，早就芳心暗许，立刻答应了格斯尔。

十方圣主格斯尔可汗就这样娶走了龙王之女阿珠莫尔根。

英雄显现格斯尔真身

觉如十五岁那年。

各方妖魔鬼怪不敢再兴风作浪，百姓们开始安居乐业，世间呈现出一片繁荣的景象。

有一天，觉如在茹格慕高娃的帐幕中休息。突然天空骤然变暗，天空中落下带着火苗的箭头，向四面八方射下来，大地瞬间变得一片光明；黑暗中响起了天马的咆哮声，随后空中出现了霹雳闪电、雷声轰鸣；突然天降甘露，下了一阵倾盆大雨；随后大空中七色彩虹高高挂起、飞禽走兽纷纷出动。众人惊奇于这瞬间的景象，纷纷跑出来战战兢兢地伏在地上跪拜。

天空中骤然响起了这样的声音："正义终将打败邪恶！天神终将消灭恶灵！"

天空放晴后，空中出现了不可思议的一幕：只见骑着满身疮痍的枣骝马驹的觉如转眼变成了骑着高大英俊的枣骝骏马的一位威风凛凛的骑士。他那张脸很像佛陀慈悲的脸庞，那胸膛很像山神的胸膛，腿脚很像深海中龙神的模样。他身穿耀霜黑色铠甲；头戴日月同辉图样的白宝盔；腰间配了三庹长青钢宝剑；肩上挎着黑色硬弓和三十支白翎箭。他的身旁站着扎萨希格尔和英姿飒爽的三十名勇士。

威风凛凛的骑士高声呐喊：

"我是天神之子格斯尔。为了铲除世间邪恶、重塑凡间平安喜乐，受到佛祖的指令，霍尔穆斯塔父亲的派遣来到了凡间。十五年的时间里，我以觉如的身份过着普通人的生活。

我从摇篮中开始到十五岁的年纪，已经斩杀消灭了不少妖魔鬼怪。

我出生三天时，斩杀了扮成青年人模样的六个魔鬼；

我出生三周时，征服了两只魔鬼大鸟；

出生三个月时，征服了魔鬼的大黄蚊子；

一岁时，消灭了魔鬼乌鸦；

两岁时，铲除了魔鬼喇嘛；

三岁时，消灭了大鼹鼠精；

四岁时，被驱逐到鸟道峡谷，将那作恶多端的七个魔鬼淹死在大海里；

五岁时，被驱逐到恩格勒岗，将寸草不生的贫瘠之地变成了吉祥草原；我还制服了三百个黎民，制服了却日斯东喇嘛；我还娶了马巴彦之女阿尔伦高娃为妻；

六岁时，为了迎娶仙女的化身茹格慕高娃，参加摔跤、射箭和骑马均获胜；

七岁时，因朝通叔父的提议，参加了射死野猪，将其十三节尾骨割下来的比赛而获得胜利；

八岁时，因朝通叔父的挑衅，参加斩杀万头野牦牛，将其肉装入一只百叶肚的比赛获胜；

九岁时，因朝通叔父的再次挑衅，参加了拔取金凤凰翎羽的比赛，大获全胜；

十岁时，为了报答凡间父母的养育之恩，特地建造了观世音庙；

十一岁时，捉住并除掉了传播瘟疫疾病的恶鬼；

十二岁时，捉住并杀掉了传播水肿病的恶鬼；

十三岁时，捉住并消灭了炭疽之首的一个长着巨头的病魔恶鬼；

十四岁时，迎娶了龙王之女阿珠莫尔根为妻。

这些事情每一件都离不开天神的保佑。如今，我已经十五岁了，显现格斯尔真身的时候到了。

你们当中有些人有眼无珠、有耳却聋；所谓人不可貌相、海水不可斗量。你们尽可能地无视我的才能，以貌取人，却从未注意过这些轶事。

你们，要向我这一位霍尔穆斯塔腾格里之子行礼！

你们，要向我这一位接受了佛祖的旨意者行礼！

你们，要向我这一位从不分身份的尊贵高低，向这世间送来安宁的我行礼！

你们，要向我这一位食物分给饥饿者、硬鞭伸向邪恶者的我行礼！

你们，要向我这一位手持正义的大刀，砍杀所有世间万恶的我行礼！

你们，要向我这一位引领万人从善、帮助万人重获光明的我行礼！

你们，要向我这一位根除十方十恶，名扬天下的圣主格斯尔可汗行礼！"

人们惊恐万分，战战栗栗，在圣主格斯尔可汗面前下跪行礼。

第一个抬起头来看着圣主的是茹格慕高娃。茹格慕高娃看到格斯尔如此英俊潇洒、顶天立地、威风凛凛的模样，不禁悲喜交加、感慨万分。她高兴是因为，自己终于嫁给了如意郎君，威震十方的英雄格斯尔可汗；而她又悲伤是因为，她一直以貌取人，小看觉如，对于觉如种种的神功伟业，视而不见。所以她感到了羞愧。

十方圣主格斯尔可汗，就这样，显现了格斯尔真身。

第七章 智斩北方黑斑魔虎

北方出现黑斑魔虎

根除十恶之源的十方圣主格斯尔可汗十五岁时，显现真身，将疆土辽阔的吐伯特三个部落治理有方。在他英明的治理下，世间到处繁荣景象。野外水草肥美、六畜兴旺；百姓安居乐业、人丁兴旺。

圣主格斯尔可汗降生人间到十五岁，一直斩妖除魔，消灭着祸害民众的恶鬼。为此，魔鬼们绞尽脑汁、想方设法来除掉他。

圣主格斯尔可汗显现真身后，不仅有了神驹枣骝骏马，还拥有骁勇善战的三十名勇士和三百名先锋，这使得魔鬼们更加心生嫉妒、怒火冲天。魔鬼、蟒古思们妄图夺走格斯尔可汗的领地，想要给百姓们带来无尽的灾难，便昼思夜想，最后同心协力将它们的化身变成了一只黑斑魔虎。

那只魔鬼、蟒古思化身的黑斑虎有着大如高山的身躯，光是身躯就占了一百波尔的地方。它的一个鼻孔就有山间深谷那么大，喷出熊熊火焰，到处惹是生非。另一个鼻孔有山间石洞那么大，喷出漫天的烟雾，遮天蔽日。这只魔虎的尾巴有足足一百庹长，它一甩尾巴，如同电闪雷鸣般震天动地。

这只魔虎生活在北边，它力大无穷，附近的百姓和山间飞禽走兽都已经被它生吞活咽了。这只魔鬼有一双邪恶的眼睛，它能遥望万里之外的行人，能从千里之外将其吞掉，所以方圆几百里已经人烟稀少、没有飞禽走兽了。

这只魔虎在北方肆意妄为，残害生灵，使得民不聊生，百姓终日惶恐不安。可恶的魔虎吃完周边山林的动物，便潜入百姓的营地进行掠夺。它抓去百姓吃掉时，从来都是老弱壮丁就从壮丁开始；男人女人就从男人开始；妇女儿童留到最后再吃掉。对于魔虎的恶行，北方部落的百姓无能为力，他们只能默默地祈求上苍保佑。

英雄出发消灭魔虎

一天，格斯尔可汗的三位神姊，变作布谷鸟，飞落在格斯尔可汗的帐幕顶上，命令道：

"注意听啊！亲爱的格斯尔！

你已到了十五岁，

显现真身震鬼魂。

英雄本色需展示，

名扬天下震十方。

北方辽阔的土地，

出现高山般巨虎。

猎杀附近众鸟兽，

生吞活剥过路人。

万里之外的地方，

它能遥望众行人。

千里之外的地方，

它能吞下众生灵。

北方魔虎无人敌，

残害百姓引祸端。

需要你们快前去，

方能镇压这魔虎！"

格斯尔听了三位神姊的话，顿时怒火冲天，立刻答应道：

"三位姐姐说得有理！我降生于凡间，不就是为了降妖除魔、让世间百姓过上安居乐业的生活吗？从出生到十五岁，我从未惧怕过任何妖魔蟒古思。这次又是什么妖魔的化身？姐姐们能告诉我吗？"

变作布谷鸟的三位神姊继续说道：

"妖魔蟒古思化身，

北方魔虎躯体大。

占据一百波尔地，

一百庹长大尾巴。

山间石洞般大嘴,

山间深谷般双眼。

漫天迷雾双鼻翼,

小心谨慎去应对!"

格斯尔可汗听完三位神姊对魔虎的描述,便立刻答谢道:"感谢三位神姊特意过来给我下达指令。我居然没有发现这魔虎的存在,这是我的疏忽。请三位神姊放心,我定能降服这万恶的畜生,给北方百姓安宁!"听到格斯尔如此信心十足的回答,三位神姊变作的布谷鸟便飞上高空飞向了须弥山。

格斯尔从三位神姊那里听到了蟒古思的化身黑斑魔虎在北方肆意妄为、作恶不断,立刻变得坐立不安、怒气冲天。他从座位上一跃而起,跑出门外,召唤了枣骝骏马。他的枣骝骏马此刻正在天界的马厩里休息。它听到了圣主的召唤,便发出响亮的嘶鸣声,摆动着马尾准备来到主人的面前。枣骝骏马一跃而跳离开了天界的马厩,来到了格斯尔身边。

格斯尔见到枣骝骏马高兴地抱住马的脖子,轻轻地抚摸着。

然后,格斯尔可汗派人去叫扎萨希格尔哥哥和威武的三十名勇士与三百名先锋。等到大家齐聚一堂,扎萨希格尔上前问道:"圣主呀!三十名勇士与三百名先锋已经就位,何事召唤我们过来呀?"

格斯尔站在大家面前，发令道：

"亲爱的哥哥扎萨，

骁勇善战的勇士们。

请大家注意听我说！

北方出现了黑斑虎，

身躯巨大如一座山。

魔虎在那胡作非为，

引来祸端民不聊生。

万里之外能看能嗅，

千里之外生吞活剥。

如今我已到十五岁，

显现真身威震四方。

施展法术变身自如，

英雄本色尚未展示。

现将大家召集此地，

共同商议消灭大计。

魔虎不除百姓难安，

需要众将一同前去！"

众勇士听从圣主的吩咐，准备即刻出发。

于是，十方圣主格斯尔可汗身穿耀霜黑色盔甲、闪电护背旗；

头上戴着日月同辉图样的白宝盔；腰间佩戴了黑色硬弓和三十支

白翎箭以及三庹长青钢宝剑；六十三斤重的小钢斧和九十三斤重
的大钢斧分别跨在两侧腰上。当他穿好英雄装备后便给枣骝骏马
套上马鞍子，一跃而起跳到马背上，面向众人说道：

"众勇士们，注意听！

十方圣主格斯尔可汗，

带领大家前去战斗！

众勇士不可违背命令，

众先锋不可明知故犯。

冲锋陷阵时首当其冲，

见魔虎不可畏缩不前。

人中展翅高飞的雄鹰，

亲爱的哥哥扎萨希格尔。

骑上你那飞翅褐色马，

穿上你那青软宝铠甲。

戴上你那闻名的宝盔，

配上你那白色翎羽箭。

带上你那神力乌雕弓，

跨上你那纯钢宝马刀。

紧随我后不允许稍离！

人中展翅飞翔的大雕，

亲爱的小英雄绍米尔。

骑上你那风驰褐色马，

穿上你那青霜铁叶甲。

带上你那白色翎羽箭，

配上你那神力乌雕弓。

跨上你那锋利青钢刀，

紧随扎萨哥哥的身后。

临危不惧勇往直前！

老英雄巴达玛里之子，

巴穆索岳尔扎你听令。

骑上你那青灰色骏马，

穿上你那钢铁宝蓝甲。

带上你那硬弓白翎箭，

拿上你那宝剑柔钢刀。

紧紧跟随绍米尔身后，

临危不乱奋勇向前！

人中赫赫有名的伯通，

通晓动物语言的智者。

骑上你那疾驰红沙马，

带上你那最强的武器。

在巴穆索岳尔扎身后，

紧随其后依次冲上去！

战无不胜的三十名勇士，

骁勇善战的三百先锋。

无所畏惧齐齐冲上去！

消灭北方黑斑大魔虎，

势在必得永不退缩！出发！"

随着格斯尔可汗的一声令下，整顿好装备的众勇士跟着可汗向北出发了。

英雄智斩黑斑魔虎

格斯尔骑着枣骝神驹，注视着远方，时刻留意着黑斑魔虎藏身在何处。

格斯尔提高嗓音对众勇士喊道："众勇士听令！我们越来越接近黑斑魔虎了。那魔虎力量巨大，大家一定要齐心协力勇猛参战，若有人胆敢临阵脱逃，我定会严惩不贷！"说完，他指着一座巍峨的高山接着说道："大家快看！可恶的蟒古思化身，那黑斑魔虎就在那里！"

众勇士顺着格斯尔指的方向望去，七嘴八舌地说道："在哪里？魔虎在哪里？"在众勇士眼中除了高耸巍峨的山之外什么也没有看见。扎萨希格尔一直举目远眺，忽然他说道：

"在那遥远的山峰上，

如同巨大岩石相连接。

看似冒着滚滚的浓烟，

又似弥漫着缭绕烟雾。

那个地方就是魔虎吧？"

格斯尔立刻回答："不愧是扎萨哥哥，观察得很仔细！就是那里！"格斯尔快马加鞭朝着黑斑魔虎疾驰而去。扎萨希格尔、绍米尔、巴穆索岳尔扎及伯通他们纷纷在自己的位置上，带着其他勇士和先锋们，井井有条、不乱阵营，跟随格斯尔可汗骑马向前奔去。

格斯尔骑着枣骝神驹，加快速度，把紧随其后的众勇士抛在了后面。格斯尔独自一人来到黑斑魔虎面前想要攻打时，蟒古思的化身——魔虎也看见了格斯尔可汗。

那魔虎张开山间石洞般的大嘴巴，伸出粗长的舌头，举着锋利的黑色大爪子，摆动着一百庹长的大尾巴，一只鼻孔喷着熊熊火焰，另一只鼻孔冒出浓浓的黑烟，张牙舞爪地猛然张大嘴巴向格斯尔反扑过来。魔虎如石洞般大的嘴巴差一点将格斯尔人马一并吞没。格斯尔机灵躲过，骑着枣骝神驹闪到了另一边。

黑斑魔虎如此穷凶极恶的模样，也没能使格斯尔感到半分畏惧。他稳稳地骑在枣骝神驹的背上，摸着箭筒，从镶嵌宝石的三十支白翎羽箭中抽出一支拿在一只手上，另一只手拿着黑色硬弓，将箭按在弓上，拉开弓弦迅速朝着魔虎射了出去。

格斯尔射出的箭射中黑斑魔虎的脖颈，吓得魔虎胆战心惊，恨不得立刻翻山越岭逃离格斯尔的进攻。格斯尔苦苦紧逼、穷追不舍地进攻，让魔虎怒火冲天，变得更加疯狂。黑斑魔虎双眼冒着滚滚的火焰，再一次张开石洞般的大嘴扑向格斯尔。格斯尔拔出三庹长青钢宝剑劈了过去，黑斑魔虎的前蹄被击中，血流成河，动弹不得。

格斯尔立刻从枣骝神驹身上跳下来，牵着马走到深山老林将枣骝神驹藏好，双手拿着六十三斤重的小钢斧和九十三斤重的大钢斧来到魔虎身边，做出与魔虎一决高下的架势。

这时，以扎萨为首的三十名勇士及三百名先锋终于赶到了。格斯尔突然心生一计，想要试探一下三十名勇士的胆识。主意已定，正想着怎么进入魔虎嘴巴时，恰巧看见黑斑魔虎张开它那山间石洞般的大嘴巴向着紧随其后赶过来的众勇士咆哮。说时迟那时快，当魔虎张大嘴巴时，格斯尔立刻跑了进去，给人一种他被吞入虎口的假象。

他一进到虎口，便施展法术，将自己变成一个巨人，身上还是穿着那耀霜黑色盔甲。他用双脚踩下了魔虎的两颗下獠牙；用那戴着日月同辉图样白头盔的天灵顶着虎腭；用那带着闪电护背旗的两只胳膊撑住魔虎的双腮。就这样，悄悄地藏在里面，默不作声，静观其变。魔虎也不敢轻举妄动，呆呆地站着。

格斯尔的勇士们看到他被魔虎吞没，大惊失色，走在前面的几个英雄喊道："完了！完了！黑斑魔虎生吞了格斯尔可汗，下一个就轮到我们了！"

众勇士一听便心惊肉跳、惊慌失措。他们不知所措，乱成一团。跟在巴穆索岳尔扎身后准备进攻的伯通更是吓得魂飞魄散。他立刻调转马头，口中喃喃自语："我们的格斯尔可汗被魔虎生吞了！下一个轮到我们了！"后面的勇士们听到伯通的话，纷纷调转马头想要跟着伯通逃之夭夭。

扎萨希格尔看到伯通带着众勇士骑马逃跑的身影，大声呵斥道："哎呀！伯通快快回来！你怎么能一见虎影就吓得不战而逃呢？"

尽管扎萨希格尔使出浑身力气冲着他们身后大喊，但是伯通假装没听到，将他的话丢弃在滚滚的马蹄扬尘中，一去不复返。其他的勇士们见势不妙，纷纷跟着伯通他们骑马逃跑了。黑斑魔虎张牙舞爪地站着。格斯尔的众多勇士中，扎萨希格尔、绍米尔和巴穆索岳尔扎三位勇士留了下来，准备与魔虎较量。

他们三人将魔虎围住，想要射杀这万恶的魔虎，为格斯尔报仇雪恨。格斯尔的哥哥扎萨希格尔因格斯尔被魔虎吞掉本就痛心疾首，加之伯通又带着众勇士不战而逃，便气愤不已。他对着两位同伴诉说道：

"我们的格斯尔可汗，

被那黑斑魔虎吞掉。

骁勇善战的众勇士，

闻风丧胆弃甲而逃。

跟着伯通那胆小鬼，

二十来个勇士走掉。

若是大家团结一心，

定能打败这个魔虎。

杀死残暴的黑斑虎，

为格斯尔报仇雪恨。

圣主格斯尔的威名，

这样羞辱好吗？我们！

跟着别的勇士逃跑，

这样怕死行吗？我们！"

听了扎萨希格尔的话，绍米尔和巴穆索岳尔扎齐声说道："我们两个不怕死！我们跟着你，扎萨！你说怎么打咱就怎么打！"

扎萨希格尔听了他们的话，心里非常感动。他立刻对两位同伴夸赞道："你们两个才是名副其实的勇士！我们三个同心协力，将这可恶的魔虎除掉吧！"说着骑上风驰褐色马，拔出纯钢宝马刀，朝着黑斑魔虎冲了上去。当他走到虎口前，找到魔虎的致命部位，想要一刀劈下去时，心头掠过一丝顾虑。

"哎呀！我们的格斯尔可汗神通广大，法力无边。即使他被吞入虎口，生死还不明呢！我如此贸然行刺，万一伤到他可怎么办？到时后悔也来不及呀！"想到此便收回了纯钢宝马刀。

他跳下风驰褐色马，用左手抓住了黑斑虎的额头皮。黑斑虎的额头皮被扎萨扯得疼，身子不由自主地左右扭动、虎头也来回晃动着。扎萨希格尔不肯松懈，紧紧地缠住了他的额头皮，魔虎被狂暴的摇晃力扯得额头皮脱落下来。扎萨希格尔又抓住了黑斑魔虎的左右两只巨大的耳朵，这才使得魔虎不敢动弹了。

扎萨单枪匹马与黑斑魔虎搏斗终于占据上风时，绍米尔和巴穆索岳尔扎两人手持钢刀宝剑斗志昂扬地过来助阵。扎萨还没有来得及说话，他们两个跑过来顺势一挥手中的剑，想要把黑斑魔虎的脑袋从中间砍断。看到这一幕，魔虎口中的格斯尔可汗终于按捺不住出声制止道：

"绍米尔！巴穆索岳尔扎！你们等等！快把你们的钢刀收回去吧！"

格斯尔话音刚落迅速敏捷地从虎口中跳了出来。扎萨他们三个看到圣主活蹦乱跳地从虎口中跳出来，惊叹不已，喜出望外。他们不约而同地同时喊道："我们的圣主格斯尔可汗还活着！"

三位勇士看到生龙活虎的格斯尔可汗，悲伤郁闷的心情终于豁然开朗。于是他们三个立刻收住手中武器不再与黑斑魔虎纠缠，而是跪在格斯尔可汗的面前，说道："圣主呀！怎么斩杀魔虎，我们听从你的指令！"格斯尔命令道：

"蟒古思的化身这魔虎，

不可简单粗暴地杀死。

让它筋疲力尽倒下去，

巧妙剥下它的整张皮。

残暴凶恶的黑斑魔虎。

就由圣主我来解决吧！

忠心耿耿的三位勇士，

想方设法要万无一失。

完好无缺地剥下虎皮！"

格斯尔传令完毕，走到无法动弹的魔虎旁边，伸出左手，扼住魔虎的喉咙，右手抽出水晶匕首，一刀下去便切断了魔虎的喉咙。蟒古思的化身黑斑魔虎就这样一命呜呼了。格斯尔拍着魔虎身上的颜色华丽的虎皮，对勇士们说道：

"黑斑魔虎的这身虎皮子，

货真价实无一不是宝物。

完好无损地剥下这任务，

交给手巧的哲萨哥哥吧！

你可拿着这魔虎的头皮，

给那三十名勇士裁制头盔。

用魔虎身上的整张皮子，

给那三十名勇士裁作铠甲。

剩下来的其他零碎虎皮，

赏给三百名先锋勇士中。

不惧危险永不退缩者吧！"

扎萨希格尔领命后便按照格斯尔可汗的吩咐，将魔虎身上的整张皮子小心翼翼、干净利落且完好无损地剥了下来。

格斯尔转身从深山老林中把枣骝神驹叫出来，跨上马背，带领三位勇士准备凯旋。这时，扎萨走到格斯尔面前，颇有怨气地禀告说道：

"圣主呀！当你被黑斑魔虎吞入虎口，众勇士见状惊恐万分、六神无主之际，贪生怕死的伯通却带着二十来名勇士临阵脱逃了。我从他们背后如何声嘶力竭地叫喊，他们也没有回头，一去不复返地跑开了。临行前，圣主说过临阵脱逃者应当严惩。伯通他们辱没了圣主的威名，应该严惩不贷呀！"

听到扎萨的禀告，格斯尔万般无奈地说道：

"哎呀，我最忠诚的扎萨哥哥！你所言极是。但请听我说两句。我与伯通自小相识，他看见凶恶的敌人临阵脱逃确实不对，但他是个很有才能的人啊！他是一个能够在伸手不见五指的黑夜里辨别方向的好向导；他更是一个能够听懂万物生灵的语言的智者。我从小手起刀落，斩妖除魔，是他一直在帮助我做向导。这次就宽大处理吧！毕竟他智慧过人，我们要给他将功补过的机会。你们也不要再追究此事了，也不要再说羞辱他的话了！"

扎萨为首的三位勇士齐声回答："是！圣主！"他们接受了格斯尔的一番说辞。格斯尔带着勇士们踏上了返乡的征途。半路上，遇到了逃跑的勇士们。他们随着伯通逃离战场，见到格斯尔可汗便下跪认罪，请求处罚。格斯尔让他们"将功补过！"给予了宽大处理。

临近故乡的时候，碰到了正在等候他们的伯通。伯通自知战场逃离有损圣主威名，他也感到万分羞愧。他垂头丧气地走到格斯尔面前下跪说道："圣主呀！我临阵脱逃，辱没了你的威名，罪该万死！你怎么惩罚我都接受！"

格斯尔没有责怪他而是说道："伯通呀！快快起来！骑上骏马，和我一同返回故乡吧！"伯通见圣主格斯尔可汗没有惩罚他还让他一同返乡，便暗自下定决心"从今往后，要为圣主而活！肝脑涂地在所不辞！"扎萨他们也按照格斯尔的嘱咐，谁也没有责怪伯通。众人其乐融融凯旋了。

十方圣主格斯尔可汗，十五岁时，就这样带领三十名勇士斩杀了北方黑斑魔虎。

第八章 治理汉地固穆可汗朝政

宫廷铁匠恭请格斯尔

那个时候，汉地有个可汗叫固穆。

他昏庸无道，整天守着一个生病的宠妃。那宠妃因病卧床不起，固穆可汗便寻找世间名医，找来各种良药，始终不见起色，最终死去。固穆可汗悲痛万分，无论谁怎么去安慰，都无济于事，始终把死去爱妃的遗骸抱在怀里，自顾自地伤心欲绝，不管不顾朝政大事。

固穆可汗为了悼念他死去的爱妃，向举国上下发了一道严令：

"全国百姓要追悼汗妃，

从今往后不得做喜乐之事。

走路之人，得到此哀悼令，

须继续走路以此哀悼汗妃。

在家之人，得到此哀悼令，

须继续留家以此哀悼汗妃。

赴宴之人，得到此哀悼令，

须继续赴宴以此哀悼汗妃。

节食之人，得到此哀悼令，

须继续节食以此哀悼汗妃。

违抗此命令者，斩立决！"

固穆可汗下了这道谕旨便坐在宝座上，抱着死去的爱妃遗骸，不肯放手离开。他下的谕旨使得全部百姓深陷苦难，人们惶恐不安，怨声连天。

至此，固穆可汗的大臣们聚集在宫殿大厅内商议策略。大臣首领站出来对大家说道：

"我们的可汗变得昏庸愚蠢啊！

整天抱着汗妃的遗骸不肯撒手，不理朝政，下发哀悼令，让举国上下陷入混乱，百姓苦不堪言啊！

既然汗妃已逝，理应早日入土为安，恭请喇嘛诵经七七四十九天，超度亡灵，祈求逝者得到安宁才对！

并且更应该竭尽全力，对那些办事不顺之人、穷困潦倒之人、求财无门之人布施功德与福报，体现可汗之威严才对啊！

我们的可汗理应迎娶新的汗妃，举国欢喜，重振朝纲才对啊！

汗妃与世长辞，再如何追悼哀泣，人死不能复生啊！

为此，我们须改变可汗的现状，让他忘掉哀伤，重新振作起来呀！"

有臣子问道："如何改变可汗的现状，让他忘掉哀伤啊？"众臣纷纷附和。

此时，大臣首领说道："我们必须找到一位唤醒和劝解可汗的人，以便帮助可汗消除其悲痛。"众人纷纷提议，经过长时间的寻找，没能找到合适的人。最终也没有想出一个解救固穆可汗的办法。

固穆可汗的宫廷里有一个铁匠。他虽然手艺了得，但打牙撂嘴、爱管闲事。他总是对别人的事情指手画脚、多管闲事，所以有时还会惹火上身，不得不进行赔礼道歉。他时常喜欢在大臣们聚集的地方，抛头露面，探出他的秃头，寻东问西。这次也一样，他站在宫殿大厅的入口处，小心翼翼地观察着并得知大臣们正为寻找劝解固穆可汗的人选发愁，他便神采奕奕地回家去了。

从家门进去时，正巧碰见了妻子要出来。他控制不住自己的嘴对妻子说道：

"哎呀！大臣们脑子是如此迂腐呀！这伙人聚在一起商讨要寻找一位能劝谏可汗的人，说来说去，还是没有找到。哎！我虽说只是一个宫廷铁匠，但我知道这个人是谁。奈何那帮榆木脑袋们，就是想不到啊！我们的可汗，现如今只有那十方圣主格斯尔可汗才能说服他呀！别人无济于事啊！这么一个神奇的人物，大臣们竟然也想不到，真是一群无能之辈呀！"

听了他自作聪明的说辞，他妻子立刻反驳道：

"哎哟！迅速闭嘴吧！你可真是一个愚昧的秃子！连可汗的

大臣们都束手无策，轮得到你一个铁匠去班门弄斧？大臣们那叫小心谨慎，你这叫鲁莽愚蠢，还是闭嘴沉默，小心祸从口出吧！"

宫廷铁匠看妻子怏怏不服他所说的话，便借题发挥大声嚷嚷道：

"哎呀！你可真是有嘴说别人、无眼看自己呀！你丈夫我快要饿死了，你看看，炉子没火、锅里没饭，快担水做饭吧！"

他妻子拿着水桶去河里担水去了。秃头铁匠趁机走出屋子，跑到大臣们聚集的大厅门口，请求进去有事禀告。大臣首领走出来问道：

"你有何事要进大厅上奏啊？"

秃头铁匠说："大臣们可找到那位能够劝谏我们可汗之人啊？"

大臣首领轻蔑地看了一眼秃头铁匠，语气不耐烦地回答：

"尚未找到！难道你有什么线索？"

秃头铁匠立刻自以为是地说道：

"说实话这事原本与我这个铁匠毫无关系。但大臣问了，我就告诉你吧！依我之见，只有那十方圣主格斯尔可汗才能解救我们的可汗。除此别无他人啊！"

大臣首领一听立刻顺其说道："哎呀！此事非同一般，关乎朝政！格斯尔可汗那是远在天边，依我看，此事只有铁匠你亲自出马才能请来那位十方圣主啊！"

秃头铁匠一听大臣如此恭维自己，便大言不惭地说道："那好吧！我去一趟便是。请你们给我准备几匹快马和几个随从吧！"

大臣首领立即答应他说道："快马随从应有尽有，只要你能请来十方圣主格斯尔可汗，我们还要大大加赏你呀！"

于是，秃头铁匠骑着给他准备的骏马，带领一众随从出发了。

宫廷铁匠拜见格斯尔

秃头铁匠他们走了几个月，终于来到了格斯尔可汗的营地。

格斯尔可汗神通广大，早已凭借法力知晓秃头铁匠的来意。于是，当仆人把秃头铁匠领到他面前时，故意摆着一张威严的面孔。秃头铁匠被格斯尔的威力所震慑，全身瑟瑟发抖，竟然无所适从，甚至忘记了顶礼膜拜，战战兢兢地站在原地。秃头铁匠呆若木鸡，一动不动，两眼直愣愣地望着格斯尔可汗。

格斯尔可汗问道："你这个秃头，从哪里来？又为何事而来？来到我的宫帐内，坐也不是、站也不是、说也不是、出去也不是，如此漫不经心是为何？"

可是秃头工匠仍然无法开口说话。格斯尔心想："哎呀！令其如此恐惧不妥！"便收回了威力。秃头铁匠这才逐渐恢复意识，跪地禀告道：

"十方圣主格斯尔可汗！

我们可汗的汗妃因病去世了，

可汗抱着妃子的遗骸糊涂了。

悼念汗妃的严厉谕旨下发了，

举国上下已水深火热之中了。

正赶路者继续赶路哀悼，

正在家者继续留家哀悼。

正赴宴者继续赴宴哀悼，

正节食者继续节食哀悼。

如有违者，要斩立决呀！

自从下了这道谕旨，百姓们深陷灾难，怨声载道日渐高涨。大臣们聚在一起商量后，决定请您十方圣主格斯尔可汗过去劝醒固穆可汗。于是，我受大臣们的委托，从遥远的汉地前来请您！"

格斯尔听了说道：

"你的意思是让我亲自过去劝醒那个抱着死汗妃的愚昧可汗！难道世间可汗的夫人去世，都要我亲自出马去劝醒？岂有此理！"

听到格斯尔可汗的斥责，秃头铁匠又说道：

"十方圣主格斯尔可汗呀！您的伟绩世间谁人不知谁人不晓啊？若您拒绝，那这世间就别无他人能劝说我们可汗了！"

格斯尔抑制怒火说道：

"哼！你此行的目的昭然若揭。你手艺虽好，但也是干卿底事的秃头铁匠。你想让别人对你刮目相看，所以给大臣们出主意，不辞劳苦来到这里吧？"

秃头铁匠被说中，满脸通红，什么也说不出来。

格斯尔看他那个样子觉得好笑就接着说道："你既然过来请了，那我就去解救固穆可汗。不过你必须先送过来这些宝物：

黑羽雄鸟的鼻血，

装满雄鹿的角送过来。

黑羽雌鸟的乳汁，

装满公山羊的角送过来。

黑羽雏鸟的眼泪，

装满公绵羊的角送过来。

这些宝物送齐了，我便与你一同前往汉地。不过，三天之后，没有送到，我就把你扔进大锅里煮熟，你的肉扔给秃鹰做饵食、你的头盖骨做酒盅给仆人用。"

秃头铁匠听了浑身发抖、神情沮丧，向格斯尔可汗道别，走出了他的宫帐。

格斯尔试探秃头铁匠

秃头铁匠走出格斯尔可汗的营地，来到山脚下，开始苦思冥想。

"这么多宝物要如何找来才好啊！"他想来想去想到设套索套捕黑羽鸟。可是等了两天也没见黑羽鸟被套住。走投无路的他绝望地哭了起来：

"呜呜！要是没出门就好了，要是听了妻子的话就好了。要是能活着回去就安心做好铁匠的活儿，再也不多管闲事了！"他哭着睡了过去。睡梦中他听到：

"你去乃仁扎河岸看看！八年未生牛犊的花乳牛刚刚死去倒在那里。你可在他的尸体上设套索，在旁边找个隐蔽的地方挖个洞藏起来，见机行事！"

秃头铁匠猛地惊醒，他连忙赶往乃仁扎河岸。在那里确实看到了一具乳牛的尸体。他连忙把套索放好，在它旁边挖了一个洞，躲进洞里把自己掩藏好，目不转睛地盯着花乳牛的尸体。

没过多久，从北边的天空，一只黑羽鸟带着雌鸟和雏鸟飞过来了。黑羽鸟在花乳牛尸体上空盘旋了好几圈，然后他对雌鸟说道：

"看着周围空无一人，我下去饱餐一顿，好好享受一下那头花乳牛的肉！"说完便往下飞去。黑羽雌鸟连忙劝阻说道："俗话说，空中飞禽不该贪图陆地的死尸，陆地走兽不该到空中觅食。你不要下去了，万一是陷阱，那就后悔莫及呀！"

黑羽雄鸟说道："你不必担心。我会仔细观察清楚，要是没人的话再下去尝一口就回来。那乳牛美味啊！"

黑羽雄鸟说完便直直地飞了下去。他伸直脖子仔细地观察了一下周围，不见什么奇怪的东西，便安心地飞落在乳牛的尸体上心满意足地吃起来。它吃得忘乎所以，很快从花乳牛的大腿部津津有味地吃到了胸脯部。

就在那一瞬间，秃头铁匠从洞里跑出来，拉住了套索的绳子。那只黑羽雄鸟被套住，想从套索里爬出来，拼命地挣扎着翅膀，用嘴紧紧地敲击着秃头铁匠手中的木头。随着黑羽雄鸟的猛啄，它的鼻子流出了血。秃头铁匠立刻把那血全部装进了雄鹿的一只角里面，放进了自己袋子里。

黑羽雌鸟始终不放心黑羽雄鸟，飞过来便看到了他被捉住挣扎着要逃离的模样，抱怨道："我曾告诉你，千万不要鲁莽行事！你偏不听，非要过来白白送死！"

秃头铁匠听完仰面看着黑羽雌鸟说道：

"黑羽雌鸟！我不会杀死它，请你放心！我需要它的鼻血不得已而为之！你想要救它，就得给我你的乳汁和雏鸟的眼泪，如何呀？"

秃头铁匠说完，便把手里的网套绳松开了一点。黑羽雌鸟接过秃头铁匠递过去的公山羊角和公绵羊角飞走了。它先是拿着公山羊角挤满了自己的乳汁。接着，它大声呵斥着自己的雏鸟。小雏鸟感到委屈掉下了眼泪，黑羽雌鸟立刻拿着公绵羊的角接住了雏鸟的眼泪，等到接满了，就给雏鸟喂奶，安抚好了雏鸟。

雌鸟把两样东西送过来递给了秃头铁匠，换回了自己的丈夫。秃头铁匠接过这些东西，就把那只雄鸟从套索里放了出来。三只黑羽鸟，飞向高空，飞走了。

秃头铁匠，拿着东西回到了格斯尔可汗的营地。

他见到格斯尔后献宝似的上前将那些东西交了出来。于是，格斯尔可汗带着秃头铁匠找来的宝物，佩戴好自己的武器，骑上枣骝神驹，出发前往汉地固穆可汗的宫殿。秃头铁匠虽然惧怕格斯尔可汗的威严，但也随着格斯尔返回去了。

格斯尔劝说固穆可汗

格斯尔可汗把几个月的路程缩短为几天的时间，到达了汉地固穆可汗的宫殿。他在固穆可汗的宫殿前下了马，大臣们纷纷赶来迎接他并把他请到了宫殿里面。

格斯尔跟着大臣们走过几扇门之后，最后走进了一个大厅。那大厅无比宽敞明亮，大理石做的柱子；青铜做的窗台；水晶石砌成的窗户玻璃；金色的阳光照在水晶石上面照亮了整个大厅；大厅的屋顶镶满了金子和银子；大厅的墙壁镶着很多的红宝石，在阳光下，像火焰一样熠熠生辉。大厅的最里面固穆可汗抱着那已逝汗妃的遗骸呆呆地坐着。

格斯尔走到固穆可汗面前劝说道：

"作为可汗你不应如此呀！

不顾自己的朝政与百姓，

抱着已逝汗妃不肯撒手。

活人与死人怎能待一起，

不吉不利终究会找上你！

人死又不能复生，你这是何必？

早点让你的汗妃入土为安吧！

请喇嘛诵经念佛超度亡灵吧！

行善积德布施功德与福报吧！

娶新汗妃使百姓安居乐业吧！"

固穆可汗听了很是生气地说道："这人是谁呀？岂敢来这里胡说八道！别说一年，就是十年，我抱着自己的爱妃与你何干？来人！把这小子赶出宫去！"

格斯尔听了固穆可汗的话心想："这愚昧的可汗真是已经无药可救！"便一言不发，跟着固穆可汗的仆人走出了大厅。

到了晚上夜深人静的时候，固穆可汗抱着爱妃的遗骸酣睡时，格斯尔悄悄地从那粗大的大理石柱子后面走了出来。他把汗妃的遗骸从固穆可汗的手里拿走，换成了一条死狗放在他的怀里面，又悄无声息地离开了。

第二天清晨，固穆可汗醒来，看见怀里的死狗，大惊失色，立刻把死狗扔到地上，悲痛地大声喊道：

"哎哟！这可如何是好啊？我的爱妃竟然在我的怀里变成了一条死狗，这就是昨天那个混蛋说的不吉不利到来了吗？"

这时，宫殿的门卫能开口说话了。他低下头，跪在可汗面前说道：

"可汗请息怒！昨天晚上那个格斯尔偷偷潜进大厅，把汗妃的遗骸取走，并把死狗放到可汗的怀里呀！当时我看见了，想开口叫人，可是舌头打结，怎么也发不出声来了。这都是我的失职。请可汗杀了我吧，我绝无怨言！"

固穆可汗听了大发雷霆，立刻说道："原来都是格斯尔搞的鬼！赦你无罪。要死的是那个混蛋！他竟敢取走我爱妃的遗骸扔掉，还敢把死狗放在我的怀里，真是欺人太甚！是他罪该万死，我要好好地折磨死他！"

固穆可汗惩罚格斯尔

恼羞成怒的固穆可汗让人把格斯尔扔进了毒蜂牢里。

不计其数的毒蜂飞过来，要刺格斯尔的眼睛。这些毒蜂往往先把犯人的眼睛蜇瞎，然后用刺再把犯人的刺死。

格斯尔根本不怕这些毒蜂，他把那只公绵羊的角拿出来，抓在手里，当这些毒蜂飞来袭击他的时候，就把里面黑羽雏鸟的眼泪泼向毒蜂。那黑羽雏鸟的眼泪里发出一股非常难闻的臭味，那些毒蜂都被毒死了。

格死尔在毒蜂牢里美美地睡了一觉。到了第二天早晨，就扯着嗓子唱起来：

"愚蠢的固穆可汗，

把我扔进毒蜂牢里。

想让毒蜂来蜇死我，

愚蠢的可汗你错了！

你想杀的格斯尔汗，

把你的毒蜂杀光了。

被你关在毒蜂牢里，

过得比你还舒适呢！"

毒蜂牢的守卫，听到这个声音，迅速跑过去，颤颤巍巍地对固穆可汗说道：

"可汗！那格斯尔被关进毒蜂牢里非但没死还把毒蜂都杀光了，现在就坐在毒蜂牢里唱歌呢！"

固穆可汗就问他格斯尔唱了什么歌，那守卫吞吞吐吐不敢说，最后畏惧可汗的威严便将格斯尔唱的歌如实唱了一遍。固穆可汗听后怒气冲天立刻下令道："把那个混蛋格斯尔扔进毒蛇牢里！"

于是，格斯尔被扔进了毒蛇牢里面。

无数条粗大的毒蛇向格斯尔爬过来，缠住了格斯尔的身体，吐着信子，想要吸掉格斯尔的血。那些大毒蛇，往往先死死缠住犯人的身体，把罪犯勒住，然后吮吸掉犯人全身的血液。

格斯尔却一点也不惧怕这些数不清地吐着信子的大毒蛇。他神色自若地把一只公山羊的角拿出来，握在手里，等这些毒蛇把他的身体缠绕住，开始进攻的时候，他把公山羊角里面的黑羽雌鸟的乳汁洒向毒蛇。黑羽雌鸟的乳汁发出一股臭不可闻的气味，那些粗大的毒蛇都中毒而亡了。

格斯尔把最粗的一条毒蛇拉过来，用它做了个枕头，用剩下的毒蛇的死尸做褥子，在毒蛇牢里安然地睡了一觉。等到了第二天早晨，格斯尔起来后又高声唱了起来：

"昏庸的固穆可汗，

把我扔进毒蛇牢里。

想让毒蛇来吃掉我，

昏庸的可汗你错了！

你想杀的格斯尔汗，

把你的毒蛇杀光了。

被你关在毒蛇牢里，

睡得比你还惬意呢！"

毒蛇牢的守卫，听到这个声音，迅速跑过去，战战兢兢地对固穆可汗说道：

"可汗！那格斯尔被关进毒蛇牢里非但没死还把毒蛇都杀光了，现在安然无恙地坐在毒蛇牢里，唱歌呢！"

固穆可汗就问他格斯尔唱了什么歌，那守卫结结巴巴地不敢说，最后敬畏可汗的威严便将格斯尔唱的歌照实唱了一遍。固穆可汗听后怒不可遏立刻下令道："把那个混蛋格斯尔扔进蚂蚁牢里！"

于是，格斯尔这一次被扔进了蚂蚁牢里面。

　　成千上万的蚂蚁爬过来，围着格斯尔的两条腿打转，想方设法进攻起身。那些蚂蚁，总是先围着犯人的两条腿，猛然爬到犯人的腿上咬断其筋，直到犯人动弹不得，再咬断犯人全身的脉络，使犯人流血而亡。

　　格斯尔对这些数不清的，围着他的腿转悠的蚂蚁一点也不惧怕。他把雄鹿的角拿出来，握在手里，等这些蚂蚁猛然爬到他的腿上想要咬断他的腿筋时，把雄鹿角里面的黑羽雄鸟的鼻血洒向它们。那鼻血发出一股令人作呕的恶臭味，这些蚂蚁瞬间都被毒死了。

　　格斯尔在蚂蚁牢里沉沉地睡了一觉。等到了第二天早晨，格斯尔起来后再一次高声唱了起来：

　　"昏暴的固穆可汗，

　　把我扔进蚂蚁牢里。

　　想让蚂蚁来杀死我，

　　昏暴的可汗你错了！

　　你想杀的格斯尔汗，

　　把你的蚂蚁杀光了。

　　被你关在蚂蚁牢里，

　　睡得比你还安稳呢！"

　　蚂蚁牢的守卫，听到这个声音，迅速跑过去，诚惶诚恐地对固穆可汗说道：

"可汗！那格斯尔被关进蚂蚁牢里非但没死还把蚂蚁都杀光了，现在就坐在蚂蚁牢里唱歌呢！"

固穆可汗就问他格斯尔唱了什么歌，那守卫支支吾吾地不敢说，最后忌惮可汗的威严便将格斯尔唱的歌属实唱了一遍。固穆可汗听后怒火冲天立刻下令道："我一定要把那个混蛋格斯尔折磨死，以解我心头之恨！"

格斯尔治理固穆可汗朝政

固穆可汗命人将格斯尔带到了城墙上。

随后，他召集众大臣说道：

"这个罪孽深重的格斯尔把毒蜂牢、毒蛇牢和蚂蚁牢的那些动物杀了个精光，还编造歌曲讽刺挖苦我！我要将他碎尸万段，以报他将我爱妃的遗骸换成死狗的仇恨！来人！准备九九八十一个神箭手将这个诡计多端的格斯尔射死！"

格死尔被神箭手们团团围住。他镇定自若，丝毫没有表现出慌张和惧怕。他悄悄地施展法术将自己的一个化身变成了一只鹦鹉，拿在手中。格斯尔又悄悄地把一千庹长的白丝线系在鹦鹉的腿上。那白丝线又细又白，凡人的眼睛无法看见。

悄悄准备好这一切之后，格斯尔突然放开手中的鹦鹉，随即大声喊道：

"飞走吧！鹦鹉！快飞到扎萨哥哥、三十名勇士和三百名先锋身边告诉他们：

为了根除十恶之源，

奉命下凡的格斯尔可汗；

为了消除世间妖魔，

天界下凡的格斯尔可汗；

即将葬身于此地了。

汉地昏庸的固穆可汗，

毒蜂牢、毒蛇牢后蚂蚁牢。

最后箭刑将我残害！

三十名勇士和三百先锋，

即刻启程前来这里。

将他的宫殿烧成灰烬！

将他的辽阔的土地，

一律铲平后夷为平地！

把一切都毁得干干净净，

最后把昏庸的可汗杀掉！

为格斯尔可汗报仇雪恨！"

格斯尔刚说完，飞上天空的鹦鹉，瞬间不见了踪影。格斯尔慢慢地松开绑在鹦鹉腿上的白色丝线，把线头紧紧地握在手里。

固穆可汗听了格斯尔的话沉默不语。大臣们连忙上前哀求道：

"这个格斯尔不是凡人，射杀了他，我们就会有灭顶之灾！

还是放他走吧！"

他们见固穆可汗始终不肯松口，大臣首领上前苦口婆心地劝道：

"一个格斯尔经过三个炼狱都没有杀死他。要是他那英勇无比的扎萨哥哥，三十名勇士和三百名先锋前来攻打我们，我们必死无疑呀！请求你开恩啊！让他把鹦鹉叫回来吧！我们不能眼睁睁地看着城墙被毁，百姓被杀呀！"

大臣们纷纷哀求固穆可汗，他无奈道：

"俗话说忠言逆耳！今天顾全大局就听大家的吧！"说完他带着众大臣走到格斯尔面前下跪求饶道：

"十方圣主格斯尔可汗！请快把鹦鹉叫回来吧！你有何旨意，请尽管说吧！"

格斯尔颇有微词地说道：

"哎呀！固穆可汗的声音太小了，我没听清楚，他说了什么呀！"

这时，在场所有人纷纷给格斯尔下跪求饶道："圣主呀！请快把鹦鹉叫回来吧！上刀山下油锅，我们一定照办啊！"

于是，格斯尔说道："固穆可汗要答应我将那已逝的汗妃下葬，之后迎娶新的汗妃，如何？"固穆可汗说道："行吧！"

格斯尔望着天空又说道："固穆可汗你要答应我把固娜高娃公主嫁给我，我就把鹦鹉叫回来，如何？"

固穆可汗迫于无奈地答应道："行吧！我把女儿许配给你！"

格斯尔听到了确切的答案，就把手中的白色丝线慢慢地收了回来。没过一会儿，鹦鹉重新回到了格斯尔的胳膊上。

固穆可汗即刻便下葬了死去的汗妃遗骸，又请喇嘛诵经念佛七七四十九天，举行了隆重的祭祀仪式。他又重新娶了一位汗妃，把他美丽高贵的女儿固娜高娃公主许配给了格斯尔可汗。

迎娶固娜高娃夫人

固穆可汗举行了盛大的婚宴将自己心爱的女儿固娜高娃公主嫁给了格斯尔可汗。

举国同庆，鼓声回荡到了远方。百姓们更是因为格斯尔劝醒了固穆可汗而欣喜若狂。婚宴盛会当中，那个秃头铁匠也被邀请过来，得意地坐着。

三年的时间里，格斯尔可汗并没有返回自己的营地，而是在汉地，娶了美丽的固娜高娃为妻，无忧无虑地度过了时光。第三个年末，他叫来固娜高娃说道：

"固娜高娃呀！我劝醒了你父亲固穆可汗，治理了他的朝政，在此地与你共同度过了三年的美好时光。现在该是我返回家园的时候到了。你可以和我一起走，也可以留在这里，你自己选吧！"

固娜高娃伤心地说道："圣主呀！你只待了三年就要回去了吗？我虽为你的夫人，理应夫唱妇随，但是到了你的故乡，我不知何年何月才能回来看望父母呀！不如你和我再住上三年，我们再回去可以吗？"

格斯尔看着她落下了泪水，于心不忍便说道："哎呀！我明白你的意思。你既不想让我走，自己也不愿意离开这里。那我们两个就占卜做决定吧！"

固娜高娃同意了格斯尔的提议。他们各自骑着自己的坐骑走到城门外过夜。格斯尔骑着他的枣骝神驹，固娜高娃骑着她的玉顶青马两人一起到了城外，搭起一顶帐幕，准备过夜。

晚上临睡前，格斯尔对固娜高娃说道：

"今晚我们就在这里过夜，明天早晨起来看看吧！我的枣骝神驹和你的玉顶青马头都朝着城池睡觉，我就依你，留在此地和你再住三年。要是它们的头都是朝着家乡那边睡着，你就跟我一起回去！"

固娜高娃答应后，两人就睡觉了。

半夜时分，固娜高娃悄悄地从帐幕中出来，走到两匹马的旁边。她不想让格斯尔回去，于是悄悄出来看看两匹马的头朝哪里。她看到枣骝神驹和玉顶青马的头都朝着格斯尔家乡的方向，一气之下，拿起鞭子将它们打醒，让它们的头朝着城池而躺下。之后她心满意足地悄悄返回了帐幕继续睡觉了。

格斯尔凭借法术，早已知晓固娜高的心思。所谓道高一尺魔高一丈，他等到固娜高娃酣睡后，悄悄地出来，将两匹马的头都朝着家乡的方向重新躺下后，进到帐幕便安然入睡了。

第二天清晨，他们两个睡醒后，来到两匹马面前。一看，两匹马的头都朝着格斯尔家乡的方向。固娜高娃深深地抱怨道："哎呀！圣主呀！原来我的命运与您相连呀！"说着便流下了眼泪。格斯尔让固娜高娃回到宫殿向自己的父母道别。他自己骑着马踏上了返回的路程。

格斯尔返回大部落

格斯尔给茹格慕高娃夫人托了一个梦。

那时，茹格慕高娃夫人正在她的白色帐幕里，盖着貂皮被子在睡觉。她做了一个梦，梦中听到了这样的一个声音："茹格慕高娃呀！你与其像个两岁的牛犊在草丛里面睡懒觉，不如像个奔跑在山峰上的饥饿小鹿，趁着黎明去捕捉猎物呀！圣主格斯尔可汗马上就要回来了！"

茹格慕高娃惊醒了，她迅速起身穿上衣物，叫来一个叫安冲的仆人说道：

"聪明的安冲呀！

快快过来听我吩咐！

金色的牛粪放里面，

银色的牛粪放外面。

白水如母亲要多放，

茶叶如父亲要少放。

奶子如娘舅要多放，

咸盐如外甥要少放。

黄油如臣子要少放，

沸腾的奶茶如海浪。

烧得滚滚停不下来，

勺扬的奶茶如诵经。

喋喋不休停不下来，

煮熟的奶茶如黄雀。

归巢舒适不想出来！

你要快去生炉煮茶，

按我的心愿做出来！"

仆人安冲听完茹格慕高娃夫人吩咐的话后说道：

"尊贵的夫人啊！冷静点！

听我安冲给你好好说说！

圣主格斯尔可汗要返回，

岂能只拿一锅茶来迎接？

在那狮子河上源居住的，

他的父母应该要恭请吧！

在那大象河上源居住的，

他的哥哥应该要召请吧！

三十名勇士和三百名先锋，

三大部落的臣子和百姓，

通知到位赶快来迎接吧！

敲锣打鼓准备丰盛宴席，

大家齐聚一堂恭迎圣主吧！"

茹格慕高娃对安冲刮目相看夸赞道："哎呀！不愧是聪明伶俐的安冲啊！你言之有理！快快按照你说的去做吧！"

安冲得到茹格慕高娃夫人的允许，找来其他仆人传达命令。她派人按照夫人的要求煮奶茶；派人前往狮子河源，恭请格斯尔可汗的父母桑伦诺颜和格格莎阿木尔吉拉；派人前往大象河源召请格斯尔可汗最亲密的哥哥扎萨希格尔；派人召请三十名勇士和三百名先锋以及三大部落的臣子、百姓都来参加宴会恭迎圣主格斯尔可汗返回故乡。

格斯尔给茹格慕高娃夫人托梦之后，等待着固娜高娃前来汇合。固娜高娃辞别父母离开固穆可汗的宫殿，骑着玉顶青马赶过来。他们汇合后，各自骑着自己的马匹，策马奔腾，翻山越岭，走了很久的路程，终于到达了格斯尔可汗的家园。

格斯尔的营地里，盛大的酒宴已经准备就绪。鼓手们敲锣打鼓、鼓声响彻震天；桌子上摆满了丰盛的酒水、美味的肉食和醇香的奶茶。大家看到格斯尔可汗枣骝神驹的身影就立刻起身出来迎接。大家大口大口地吃肉、大口大口地喝酒、高高兴兴地歌唱、

兴致昂扬地跳舞，满心欢喜地庆祝了三天三夜。等到宴会结束，
众人纷纷离去，安居乐业，一片祥和。

第九章 阿尔伦高娃夫人

朝通妄念阿尔伦高娃

十方圣主格斯尔可汗娶了美丽善良的阿尔伦高娃做夫人后，为了不让吐伯特人知道她的居住地，把她安置在一个叫微风谷的地方。

阿尔伦高娃夫人居住的微风谷离格斯尔可汗的营地骑马行走一个月的距离。格斯尔可汗去汉地固穆可汗那儿之前来过一次，并嘱咐阿尔伦高娃一番后就离开了。部落里的人们都不知道此事，唯独心肠狠毒的朝通诺颜偶然知道了阿尔伦高娃夫人的住处。他趁着格斯尔可汗去汉地治理固穆可汗的朝政，不在营地之际，骑着豹花黄马赶到了那个地方。

那时，阿尔伦高娃正站在营地大门口望着远处的牲畜。朝通看到美丽的阿尔伦高娃孤独地站在那里，心生怜惜，便上前说道：

"哎呀！我可怜的侄媳妇呀！你长得真漂亮啊！你若含情脉脉地望去，成千上万的人都因你的美眸而神魂颠倒；你若回眸微微一笑，成千上万的人都因你的笑容而满心欢喜。

十方圣主格斯尔可汗却把这么美艳绝伦的你，隐藏在这么一个人烟稀少的僻静住处。他只能给你看他的背影，却在营地与茹格慕高娃耳鬓厮磨；他把你丢弃在这个荒无人烟的山谷，自己跑去汉地娶了固娜高娃公主逍遥快乐呢。

格斯尔可汗如此冷落你，你却不离不弃，死心塌地在这里等他，何苦呀！不如你跟着我，让我来疼惜你，如何呀？今后我一定好好对待你，让你做众妻之首，让你无拘无束、自由快乐地生活！"

阿尔伦高娃听后顿时大惊失色、怒从心起便对着朝通没好气地说道：

"哎呀！朝通叔父！你这是什么意思？你竟然敢说这么无耻的话。愿头上的长生天和脚下的大地为我作证吧！即使一万个朝通诺颜过来说上甜言蜜语，也不如格斯尔一个人的影子能打动我的心弦啊！好啦！所谓客从远方来多以茶相待，既然来了进去喝杯奶茶、吃几口羊肉就回去吧！"

朝通走进阿尔伦高娃的帐幕，吃饱喝足后，骑着豹花黄马回到了自己的营地。可是过了七天之后，朝通再次来到了微风谷找上阿尔伦高娃说道：

"亲爱的侄媳妇呀！我回去的这几天对你日思夜想，所以就过来了。十方圣主格斯尔可汗不是把你丢弃在这里了吗？难道你不孤独寂寞吗？想着你如此寂寞地度过时光，我于心不忍啊！还是让我娶你吧！"

阿尔伦高娃见朝通如此没脸没皮很是生气便说道：

"哎呀！朝通叔父！你这个人真是油盐不进啊！上次说得明明白白，这次还敢过来胡说八道，难道十方圣主格斯尔可汗亲自答应把我遗弃给你了吗？你竟然不知羞耻，三番五次过来打扰！听说你是个奸诈狡猾的人。你说谁能相信这样的人说的话？你作为格斯尔可汗的叔父，过来挑拨离间合适吗？简直是无理取闹！"

阿尔伦高娃叫来营地的仆人们说道：

"你们大家听好！朝通诺颜三番五次过来对我胡说八道！既然他如此厚脸皮，那就不能怪我没有尽到地主之谊！你们拿着木棍木棒过去，狠狠地痛打他一顿，再把他的马匹扣留下来，把他赶走！"

仆人们听从阿尔伦高娃夫人的命令，拿着木棍木棒朝着朝通扑过去。大家你一棍我一棒打得朝通手脚酸软、伤痕累累。他的坐骑被扣留只能一瘸一拐地走回自己的营地。从微风谷到他的部落，朝通将一个月的路程足足走了三个月才勉强回到了家。他伤势严重加上饥寒交迫，回到大部落时已经瘦骨嶙峋了。

朝通诺颜回到营地后，在家养伤。当他的伤痛终于痊愈时，他开始冥思苦想该如何报此仇恨。朝通为了自己早日养好身体，白天大吃大喝、晚上呼呼大睡，休养了好些日子才恢复了元气。好不容易养好身体后，朝通诺颜迫不及待地背上锋利的弓箭，带上了百日的干粮，骑着骏马从家出发向'咒人禅洞'前进。

他来到"咒人禅洞"前，低头恳求道：

"好事坏事，是福是祸，只要央求就会指引方向的"咒人禅洞"的主人啊！你一定要赐予我报仇的计谋吧！狠心的阿尔伦高娃拒绝了我娶她的好意，竟敢找仆人痛打了我一顿，此仇不报，我朝通妄为大诺颜啊！恳请'咒人禅洞'的主人，告诉我计谋，把格斯尔和阿尔伦高娃拆散，让他们永远分离！"

就这样，朝通在"咒人禅洞"这里住下来，每天晚上祈求"咒人禅洞"能够托梦告诉他计谋。九十九天不知不觉地过去，朝通依旧躺在"咒人禅洞"面前，等待着它的指引。但他什么也没梦到，而且带过来的百日干粮已经耗尽，他的忍耐力也到了极限，便朝着洞口大声叫嚷道：

"你为何不给我托梦？难道你已经失灵了吗？你要眼睁睁地看着我朝通这么狼狈不堪地回去、让众人耻笑？还是你想眼睁睁地看着我饿死再投胎呀？"

朝通骂完已经精疲力尽，他无力起身，便昏睡过去。说来也奇怪，当天晚上，"咒人禅洞"的主人出现在朝通的梦里，他教给了朝通如何让阿尔伦高娃受惩罚以及如何让格斯尔可汗和阿尔伦高娃夫人决裂的计谋。

阿尔伦高娃掉入陷阱

朝通得到了"咒人禅洞"的指引后便回到了营地，休整一番，又重新出发奔向阿尔伦高娃夫人的住处微风谷。

从远处看到朝通身影的牧人们，牧羊人、牧牛人、牧马人和牧驼人等，纷纷把各自的牧群驱赶到一个盆地里面，将自己隐藏在牧群之中。

朝通诺颜骑着骏马来到马群边上，自言自语地说道：

"哎呀！这里有一群马，没看到牧马人。正好我可以牵走一匹，与我的骏马换着骑呀！这是要选哪匹好啊？"

牧马人听不下去了，便站出来呵斥道："你是盗马贼吗？"

朝通立刻反驳道："哎呀！牧马人，你误会了。我就是想问问你，马群变多了还是变少了？变瘦了还是变肥了？"

牧马人没好气地说道："马群变多变少、变肥变瘦与你何干？马群数量变多了，难道你要赏赐我们吗？马群数量变少了，难道你要鞭打我们吗？"

朝通听了瞪大了眼睛，狠狠地盯着牧马人训斥道："你是什么东西？敢如此对我朝通诺颜放肆？立刻滚到一边去！"说着扬起马鞭要朝着牧马人的头打去。牧马人趁机大声喊道：

"大家快来呀！朝通诺颜来偷马匹啦！"藏在牧群中的牧人们纷纷赶过来，众人拿着木棍木棒将朝通围住，狠狠地抽打了一顿便把他赶走了。只是，朝通没有像上次那样受伤，他从"咒人禅洞"的主人那里得到了护身符带在身上，即使被棍棒打了，身体也不会疼痛。

到了晚上，朝通摸黑再次回到了微风谷。他找到一个山洞待到了第二天早上。

次日清晨，太阳升起，阿尔伦高娃营地的牧人们赶着各自的畜群去放牧。

朝通看到了骆驼群，便找到牧驼人，问了一遍对牧马人说过的话。牧驼人很生气，他把其他牧人们叫过来，打了一顿朝通后把他赶走了。

朝通贼心不死，看到牛群，便骑马过去，找到牧牛人问了一遍对牧马人说过的话。牧牛人非常生气，他喊来同伴们又一次将朝通打个半死后赶走了。

朝通死里逃生后看到了羊群。他又向牧羊人问了一遍对牧马人说过的话。牧羊人生气地与他争论，朝通最后还是被痛打了一顿，灰溜溜地逃跑了。

虽说朝通从"咒人禅洞"那里得到了护身符带在身上，不怕被打，但是接二连三地被痛打后，身体还是吃不消。他为了恢复身体，就偷偷地跑到阿尔伦高娃的营地，抓走了一只肥羊，拿到山洞里烤着吃了。

朝通吃了肥羊肉，休息了三天，身体恢复得差不多了。他趁着夜幕降临，悄悄地来到阿尔伦高娃的营地，来到猪圈处，找到养猪人贼兮兮地说道：

"哎呀！养猪人，你们给阿尔伦高娃养猪真是辛苦呀！"

一个养猪人没好气地说道："哎！我们是辛苦，可是又能怎么样？我们不像牧牛人和牧羊人，找到一处水草肥美的地方，把牛群、羊群赶过去，自己就可以躺下晒太阳啊！我们也不像那牧马人和牧驼人，找到一处水草丰茂的地方，把马群、骆驼群赶过去，策马奔腾、高歌一曲，自由自在多爽啊！只有我们养猪人，在这污秽泥泞的猪圈里，夏天不能避雨、冬天不能避风，忍着恶臭过日子呀！"

朝通听到他们如此抱怨的声音便说道：

"哎呀！你们属实不易！如果我能让你们过得比那些牧人们舒适，你们能给我什么好处？"

其中一个养猪人万般无奈地说道：

"哎哟！我们能给什么呀？我们都是一群穷苦的人啊！"

朝通听着有机可乘便继续对他们说道：

"你们不怕风吹雨打，不怕恶臭潮湿，尽心尽力，你们可比他们厉害多了！"

一群养猪人听了朝通的甜言蜜语，愚蠢地以为朝通在为他们着想，所以很想知道朝通的计法，便齐声央求道：

"哎呀！只要朝通诺颜能让我们过得好，我们就听你的话照你的吩咐去做！"

朝通神神秘秘地说道：

"那就好！你们现在听好了！我要你们准备三个大木桶，一个装满鲜血，一个装满酸奶，一个装满奶酒，千万不要盖上盖子，把它们放好。晚上等到阿尔伦高娃入睡后，你们便悄悄地把三个木桶提过去，拴在她的帐幕门口。

等到她酣睡以后，你们到她的帐幕外去叫醒她说：'夫人啊！奶牛丢了！'她会满不在乎地问：'丢了几头啊？'你们就回答：'丢了一百头！'她听后会说：'还好！只是丢了一百头！'便会继续睡过去。

等到她酣睡后你们再过去叫她说：'夫人啊！奶牛丢了！'她一定会又问：'丢了几头啊？'你们就回答：'丢了一千头！'她听后便不假思索地说：'还好！只是丢了一千头！'还会继续睡过去。

等到她再一次酣睡后，你们再过去叫她说：'夫人啊！奶牛丢了！'她一定会不耐烦地问：'丢了几头啊？'你们就回答：'全部都丢了！'她听后一定会惊慌失措地说：'哎呀！这可怎么办啊？父母给我的奶牛就这么被偷走了，以后续命的奶食品不就全部断了吗？'她肯定着急忙慌地起身跑出帐幕。

那样她会把三个木桶里的东西全部撒到地上的。你们看到她跑出来碰到木桶后，就可以回去睡觉了。"

朝通交代完养猪人需要做的事后，便骑着马离开了微风谷，回到了自己的营地。

夜深人静，烛光熄灭后，几个养猪人按照朝通交给他们出的主意，找来了三个大木桶。他们在大木桶内分别装满了鲜血、酸奶和奶酒，把这三个大木桶搬到阿尔伦高娃帐幕的门口，高声喊了起来。

"夫人啊！快出来看看吧！奶牛丢了！"

阿尔伦高娃从睡梦中醒来，问道："丢了几头啊？"

养猪人回答："丢了一百头！"

阿尔伦高娃听后满不在乎地说道："还好！只是丢了一百头！"就倒头睡觉了。

过了一会儿，养猪人再次过去叫嚷道：

"夫人啊！快出来看看吧！奶牛丢了！"

阿尔伦高娃被叫醒，从容不迫地问道："丢了几头啊？"

养猪人回答："丢了一千头！"

阿尔伦高娃听后不假思索地说道："还好！只是丢了一千头！"便继续睡了。

几个养猪人等了一会儿，第三次上前叫嚷道："夫人啊！快出来看看吧！奶牛丢了！"

阿尔伦高娃几次三番被叫醒有些不耐烦地问道："丢了几头啊？"

养猪人回答："全部都丢了！"

阿尔伦高娃听后惊慌失措地说道："哎呀！这可怎么办啊？父母给我的奶牛就这么被偷走了，以后续命的奶食品不就全部断了吗？"她边说边着急忙慌地起身跑出了帐幕。

阿尔伦高娃因着急出门把放在帐幕门口的三个大木桶绊倒了。三个木桶里面的液体流了出来，三股气味融到一起，变成了有邪气的臭气冲天的毒气。

这股毒气随着夜风吹到了格斯尔的家乡。

阿尔伦高娃被迫离开

阿尔伦高娃帐幕门口散发出来的毒气飘到了格斯尔的故乡。大部落里的百姓中突然疾病蔓延，其中，格斯尔可汗染病最为严重。

茹格慕高娃去拜见了无事不知无事不晓的两位占卜师说道：

"大部落百姓中恐怖的疾病蔓延，格斯尔可汗病情严重，已经奄奄一息了。请二位神卜好好算一卦，这疾病的病因何在啊？"

神通广大的两位占卜师占卜后说道："夫人啊！这次的疾病是从微风谷方向来的。那个地方住着格斯尔可汗的另一位美貌绝伦的夫人。格斯尔可汗有一个心术不正的亲戚，那个人为了拆散格斯尔可汗和这位夫人，从'咒人禅洞'里求得了害人的计谋，把三种液体的气味融到一起变成了毒气，那个毒气使得百姓和格斯尔可汗重疾缠身啊！"

茹格慕高娃听后紧张地问道："二位神卜可有法子消除这个灾难吗？"

两位占卜师沉思片刻后说道：

"夫人啊！不把那位夫人从微风谷赶走，疾病就很难消除啊！这种疾病和普通的病不同，是因那位夫人引起的，所以没有别的更好办法。"

茹格慕高娃回来后立刻派人去了微风谷，向阿尔伦高娃传令道：

"格斯尔可汗生病了，而且很严重。大部落的百姓也染上了疾病，这些都是因为你，只有你离开，他们的疾病才会好起来。你快离开这里去别处吧！"

阿尔伦高娃说道：

"你们的话我听明白了。想把我从这里赶走的是圣主的意思，还是那位茹格慕高娃夫人的意思，或者是那位朝通诺颜的意思呢？"

使者们吞吞吐吐地回答："当然是圣主的意思。"

阿尔伦高娃生气地说道：

"你们这是一派胡言！圣主格斯尔可汗不会赶我走的。这肯定是茹格慕高娃夫人和朝通诺颜的主意吧！既然这样，我走就是了。只愿我走后，圣主格斯尔可汗能够早日康复吧！为了圣主格斯尔可汗身体安康，为了大部落百姓能够消除疾病，我今天会离开这里！你们回去禀报吧！"

送走了使者们，阿尔伦高娃将营地的百姓召集到一起吩咐道：

"茹格慕高娃夫人派使者过来了，说是圣主格斯尔可汗病了，只有我离开他才能痊愈。灾难突然降临到我身上了。我不得不走。你们要记住！我走后，你们要好好饲养牲畜，料理家园，守护好营地，等着我回来！"

阿尔伦高娃舍不得离开营地和百姓，两眼流下滚烫的泪水，依依不舍地转身离去。营地里的百姓们因阿尔伦高娃夫人的离去而哀伤不已，纷纷前来相送。百姓们苦苦挽留她并说道：

"哎呀！可怜的夫人啊！你要离开这里，我们也跟着你一起离开吧！所谓有福同享有难同当，夫人有难我们岂能坐视不理呀！"

阿尔伦高娃心中激动不已，她相劝百姓们说道：

"大家都回去吧！只有我独自一人离开，大部落百姓和圣主的病才能好起来！你们跟着也于事无补，还是回去好好守护家园吧！"说完，她默默地流着泪转身快速离去。

百姓们无可奈何，只好听从他们夫人的嘱咐，留在营地，守护家园了。

阿尔伦高娃到魔王城

阿尔伦高娃独自一人，离开了微风谷，无处可去，漫无目的地走着。

途中她来到了一个白色的国度。这里的树木、高山和溪水都是白色的，就连盛开的花朵、一望无际的原野以及各种各样的动植物都是雪白的颜色，十分有趣。

一只洁白无瑕的兔子使者前来迎接阿尔伦高娃并对她说道：

"欢迎夫人来到白色的国度！"说完兔子使者把阿尔伦高娃带到了洁白的宫殿。浑身洁白的各种生灵给阿尔伦高娃穿上了纯洁雪白的衣服，大摆宴席招待了她，并送给她一匹白马后，恭恭敬敬地将她送走了。

阿尔伦高娃骑着白马来到了白色国度的边界，进入了一个花白色的国度。这里的树木、高山和溪水都是花白色的，就连开满鲜花的原野和各种动植物都是花白色的，看得她眼花缭乱。

一只花白色的喜鹊使者前来迎接阿尔伦高娃并对她说道：

"欢迎夫人来到花白色的国度！"说完喜鹊使者把阿尔伦高娃带到了花白色的宫殿。浑身都是花白色的各种生灵给阿尔伦高娃穿上了花白色的衣服，大摆宴席招待了她，并送给她一匹花白马后，恭恭敬敬地将她送走了。

阿尔伦高娃骑着花白马走了一段时间，来到了一个金黄色的国度。这里的树木、高山和溪水都是金黄色的，就连鲜花盛开的草原和各种动植物都是金黄色的，很让人好奇。

一只金黄色的狐狸使者前来迎接阿尔伦高娃并对她说道：

"欢迎夫人来到金黄色的国度！"说完狐狸使者把阿尔伦高娃带到了金黄色的宫殿。浑身都是金黄色的各种生灵给阿尔伦高娃穿上了金黄色的衣服，大摆宴席招待了她，并送给她一匹金黄色的马后，恭恭敬敬地将她送走了。

阿尔伦高娃骑着金黄马走着走着来到了一个青蓝色的国度。这里的树木、高山和溪水都是青蓝色的，就连开满鲜花的原野和各种动植物都是青蓝色的，很是神奇又玄幻。

一只青蓝色的小狼使者前来迎接阿尔伦高娃并对她说道：

"欢迎夫人来到青蓝色的国度！"说完小狼使者把阿尔伦高娃带到了青蓝色的宫殿。浑身都是青蓝色的各种生灵给阿尔伦高娃穿上了青蓝色的衣服，大摆宴席招待了她，盛情款待一番后，送给她一匹青蓝色的马，恭恭敬敬地将她送走了。

阿尔伦高娃骑着青蓝色的马匹，一直向前走。有一天，她来到了一个黑色的国度。她骑着马继续前行，到达了一望无际的黑色海边。海水汹涌、天色昏暗，顿时周围变得一片漆黑。忽然，从远处吹来一阵诡异的热风，吹得热辣辣的，几乎要把阿尔伦高娃全身的皮肤都烤焦了。

阿尔伦高娃心想"哎呀！我这是来到了什么地方啊？这风也太诡异了！"她越想越觉得可怕，迅速向前骑行。忽然，从远处吹来一阵诡异的冷风，阿尔伦高娃就像是一片叶子似的轻飘飘地就被吹到了地上。

阿尔伦高娃想要站起来，可冷风从两边吹来，令她怎么也站不好。她惊恐万分，晃晃悠悠地站起身哭着向格斯尔可汗祈祷：

"十方圣主格斯尔可汗啊！霍尔穆斯塔腾格里之子啊！快快过来救我呀！"

当她艰难前行时，突然感觉大风变小了。阿尔伦高娃抬头一看，发现眼前站着一个长着十二颗头颅的蟒古思。那蟒古思的十二颗头颅非常大，那上唇快顶到天上，而下唇快触碰到地上，他目不转睛地正盯着阿尔伦高娃。

阿尔伦高娃看到恐怖的蟒古思惊慌失措，她怕自己被他吃掉。顿时，她想到了一个办法，于是故作镇静地向前一步跪下来说道：

"哎呀！昨晚我在野外露宿，周围一片漆黑，还没有缓过神呢！不知道这是梦还是真的，居然遇见了这么雄壮威武的可汗！不知道这位是霍尔穆斯塔腾格里还是龙王啊？还是我要前往的那个国度的可汗啊？"

蟒古思听着阿尔伦高娃的阿谀奉承很是舒心问道：

"你要去的那个国度的可汗是谁？快说！"

阿尔伦高娃结结巴巴地说道："我要去找十二颗头颅的蟒古思可汗。"

蟒古思听到阿尔伦高娃要去找自己顿时心花怒放，轻声问道：

"你是谁？你要找他做什么？"

阿尔伦高娃委屈巴巴地说道："哎呀！我是个可怜的人啊！

我是被十方圣主格斯尔可汗驱赶的阿尔伦高娃呀！我要去投奔十二颗头颅的蟒古思可汗，想让他收留我，让我做挤奶的女仆或者倒灰的下人也愿意呀！"

蟒古思听后高声笑着说道："哈哈！你的话真是让我欣喜若狂啊！就好像嘴里碾碎了人的骨头一样舒服。你不用惧怕，我不会吃你的。我早就听说格斯尔可汗有一位美艳绝伦的夫人，早已对你垂涎已久，但是惧怕格斯尔的威严，才忍到了今天。我就在那远处的魔王山上建造了宫殿，这就带你过去。你不用挤奶也不用倒灰，你就做我心爱的夫人就好了！"

于是，十二颗头颅的蟒古思带着阿尔伦高娃去了魔王城。蟒古思交代阿尔伦高娃"你在这里等着！"便独自走进了宫殿。没过多久，他就带着几个貌美的夫人一同出来了。突然蟒古思张大嘴巴吃掉了自己的两三个漂亮的夫人，其他的都送给阿尔伦高娃做了仆人。

就这样，阿尔伦高娃在蟒古思的魔王城里，成为蟒古思的夫人。

至此，十方圣主格斯尔可汗的疾病痊愈了；大部落的百姓消灾了，过上了安居乐业的日子。

格斯尔出征魔王城

大部落百姓的疾病消除，格斯尔也痊愈了。

一天，他对茹格慕高娃说道：

"茹格慕高娃呀！我久病未起，很久没有去微风谷看过阿尔伦高娃了。我现在过去找她，看看她过得怎么样。你快帮我准备干粮，再把枣骝骏马牵来吧！"

茹格慕高娃劝说道：

"十方圣主格斯尔可汗啊！我有一事相告。听说阿尔伦高娃从微风谷离开了，不知去向。恐怕去了也见不上啊！还是再休息一段时间吧！"

格斯尔听了茹格慕高娃的话，开始为阿尔伦高娃担忧。他派人叫来哥哥扎萨希格尔、三十名勇士和三百名先锋，又派人叫来朝通叔父询问。他问道：

"你们有谁知道阿尔伦高娃夫人的去向啊？"

然而，格斯尔可汗叫过来的众人都不知情。格斯尔无奈地说道：

"既然谁都不知情，那我只好过去一趟，去找阿尔伦高娃。"

此时，格斯尔可汗的叔父朝通诺颜站到众人面前劝阻道：

"哎呀！十方圣主格斯尔可汗啊！我来禀告你实情吧！你久病未愈，不能去微风谷看望她。所以她心生怨恨，早就对你不满。听说她私自离开微风谷去找了十二颗头颅的蟒古思可汗，投怀送抱，在蟒古思的魔王城，做他的夫人呢。你还是不要去找她了吧？"

格斯尔听了顺势说道：

"我明白你的意思了。但是，阿尔伦高娃已经是我的夫人，我去看看她究竟为何离开那里。她要是被迫无奈才到了蟒古思的魔王城，那我就杀了蟒古思，把她夺回来；她要是嫌弃我投奔了蟒古思，我那就杀了她，自己再回来。"

朝通赶忙接着劝阻道：

"十方圣主啊！我从小就和蟒古思魔鬼搏斗，很熟悉魔鬼的那些诡计。还是让我去把夫人抢回来吧！你大病初愈，好好休息吧！"

格斯尔听了朝通的话，并不相信他所说的，因此故意说道：

"哎呀！叔父还是算了吧！那蟒古思妖魔诡计多端，还是我去吧！"

为了表示忠诚，朝通坚持说道：

"哎呀！十方圣主啊！那妖魔没有那么可怕，我朝通也很英明，让我去吧！"格斯尔抵不过朝通的坚持，最后无可奈何地妥协道：

"那就叔父你去吧！赶快启程，战胜蟒古思，把阿尔伦高娃带回来吧！"

朝通领旨后便起身回去了。可是，两三天后，朝通诺颜生病的消息在部落中传开了。原来他回来后，左思右想，觉得自己太冲动了。他不能去蟒古思的魔王城冒险，他怕自己有去无回，所以，假装生病并且把生病的消息传了出去。

又过了几天，格斯尔听说朝通诺颜病死了。格斯尔可汗心想："哎！虽说他老奸巨猾，好歹亲戚一场，去把他安葬之后再出发吧！"想到此便骑着枣骝马朝着朝通诺颜的营地奔去。格斯尔可汗想要帮助朝通超度他的灵魂到天上去。

格斯尔进到帐幕的时候，朝通正躺在卧榻上，看上去已经死了。他一只眼睛瞪着，一只眼睛闭着；他的左手摊开着，右手紧握着；他的左腿伸直着，右腿弯曲着。朝通用一种怪异的姿势躺在那里装死，格斯尔看见了只觉得好笑。

格斯尔假装悲痛地说道：

"哎哟！我的好叔父啊！你死得好惨啊！我听说死者瞪着一只眼睛，闭着一只眼睛，那是不吉利呀！"说完他从地上抓起一把尘土，想要洒到朝通睁开的眼睛里面。朝通见状，立刻闭上了那只眼睛，一动不敢动。

格斯尔继续说道：

"哎哟！我的好叔父啊！你答应帮我去魔王城，怎么说死就死了啊！我听说死者摊开着一只手，紧握着另一只手，那是有东西想要带走，对后代不吉利呀！"说着他拿过来一支火把，想要插在朝通摊开的手中。朝通立刻握紧了那只手。

格斯尔接着又说道：

"哎哟！我的好叔父啊！你自告奋勇帮我前去夺回夫人，我真欣慰啊！你怎就这么死了呢？可是，我听说死者伸直一条腿，弯曲一条腿，对后人来说是不祥之兆啊！"说着他要掰直朝通的腿。格斯尔可汗的手刚刚碰到朝通的腿上，他就立刻伸直了那条腿。

格斯尔故意地大声说道：

"叔父啊！你安息吧！虽然你做了很多愚蠢的事情，可是做了今生的叔父，我要好好火葬你，让你的灵魂超度到天上去！叔父啊！我要把你挂在一棵大树上，点燃火，用大火送你的灵魂到天界吧！"说完，他叫来几个仆人，将朝通挂到了一棵大树上。大树下面堆上柴火后点燃了。朝通被挂在大树上，眼看情况不妙，吓得汗流浃背，着急忙慌地挣脱绳子想要跳下来逃跑。

格斯尔见了，心中好笑，却故意说道：

"哎哟！我的好叔父啊！听说死者火葬时，因为肌肉收缩，尸体会站起来。果真如此啊！"说着他从地上捡起一个燃烧的木棍，把朝通往火堆里面推去。

朝通吓得大喊大叫起来："哎哟哟！好烫！好侄儿呀！叔父没死，快住手啊！"

格斯尔对朝通的求救声视若无闻，他说道："哎呀！我的好叔父啊！你还是好好安息吧！"边说边拖着朝通绕了一圈火堆。

朝通衣服烧破，须发烧焦，手脚烫伤，看着可怜又可笑。

格斯尔看着他说道："叔父，你惧怕十二头蟒古思，不想去才出此下策吧！"

朝通无法反驳，羞愧地低下了头。

格斯尔可汗准备出发去魔王城，征讨十二颗头颅的蟒古思。此时，几个喇嘛赶来劝阻他出征。喇嘛们苦口婆心地说道：

"十方圣主格斯尔可汗啊！据说十二颗头颅的蟒古思可汗力大无比呀！你久病初愈，还是留在大部落安心休养，不宜出征劳累呀！"

格斯尔可汗听到他们的劝阻有些生气地说道：

"你们的好意我心领了。你们就不要再劝我了。常言道：上等喇嘛来了，能够超度亡灵；中等喇嘛来了，能够诵经念佛；下等喇嘛来了，只会贪图钱财。你们过来劝阻我，如同两个盲人走道，谁也帮不了谁；拴绳的牛犊绕桩子打转，越转越紧，让人什么也不去干。你们还是回去念你们的经吧！"

几个喇嘛走了之后，又有几个官吏和诉讼师过来阻止。他们跪地劝阻道：

"十方圣主格斯尔可汗啊！你治理有方，世间妖魔不敢再兴风作浪，百姓安居乐业，一片盛世光景啊！你还是留在大部落震慑十方的好啊！"

格斯尔可汗听后说道：

"不管我在与不在，你们都要各司其职，治理好朝政，执行好法律！千万不要徇私舞弊、滥用职权，使百姓蒙受不白之冤！回去吧！"

等他们走后，三十名勇士和三百名先锋也过来阻止格斯尔出征。他们说道：

"十方圣主格斯尔可汗啊！你震慑十方，妖魔与敌人不敢再来侵犯，还是留在大部落治理朝政和百姓吧！"

格斯尔可汗温和地回绝道：

"诸位勇士就不要再劝了，我主意已定，务必要去一趟魔王城。我出征后，你们要修整盔甲和武器，保护好家园，不可放松警惕！趁我不在，敌人可能来侵犯，你们要时刻提防，千万不可懈怠！你们回去吧！"

三十名勇士和三百名先锋也没能阻止格斯尔可汗前往魔王城。十方圣主格斯尔可汗骑上了枣骝骏马。他身穿耀霜黑色盔甲、闪电护背旗；头戴日月同辉图样的白宝盔；腰间佩戴了黑色硬弓和三十支白翎箭以及三庹长青钢宝剑；六十三斤重的小钢斧和九十三斤重的大钢斧分别跨在两侧腰上。他准备就绪，要启程前往十二颗头颅蟒古思可汗的魔王城。

眼看几位喇嘛、几个官吏和诉讼师以及三十名勇士和三百名先锋前来劝阻都无济于事，茹格慕高娃亲自过来劝说道：

"十方圣主格斯尔可汗啊！

我出生的时候，

右房顶上瑞畜飞舞，

左房顶上麒麟欢跳；

天空中乌云密布，

太阳的光芒却四射周围；

等到晴空万里，

空中却下起蒙蒙细雨；

在尊贵的屋顶上，

鹦鹉连叫不停；

崇高的头顶上，

鹧鸪鸟、布谷鸟及乌梁海珍鸟鸣叫不停。

我是受到了这九种灵气降生于人间。

我就是仙女的化身茹格慕高娃。

这样的茹格慕高娃劝你留下来，不要出征魔王城啊！”

格斯尔可汗听后说道：“茹格慕高娃啊！你说你自己是九种仙女瑞兆的化身！若真是那样，让我看看你的法术吧！你要是让旱地汲出清水，枯树结出鲜果，那我就不去了。”

茹格慕高娃夫人施展法术，果真让旱地汲出来清澈透明的泉水，让干枯的树枝结出来新鲜香甜的水果。于是，格斯尔可汗言而有信，留下来与茹格慕高娃夫人一起生活了三年。

三年后，格斯尔可汗要出征前往魔王城了。他骑上枣骝神驹，穿戴好英雄装备，佩戴好武器，准备出发。

茹格慕高娃夫人怎么也劝不住格斯尔可汗，便为他准备了路途中吃的圣洁食物。她把可汗食用的圣洁食物装入行囊里面，把枣骝骏马吃的糖果、葡萄等挂在了马的脖子上面。然后对枣骝骏马命令道：

"神翅枣骝马呀！如果你途中力气消耗殆尽，丢下了你的主人，不能帮助圣主打败妖魔，我就剪掉的鬃毛和尾巴；如果格斯尔可汗有智慧又有毅力，却没有施展好枣骝马的本领，我就割掉你的拇指，扔进火堆里去！"

格斯尔听到茹格慕高娃的威胁便笑着说道：

"茹格慕高娃呀！听到你的话，让我勇气倍增啊！我定能镇伏敌人名扬天下！"说完与茹格慕高娃道别，出发了。

格斯尔可汗骑着枣骝神驹前行时，频频回头看望站在营地门口的茹格慕高娃的身影，很是依依不舍。看到这一幕，枣骝神驹忍不住说道：

"圣主为何总是回头看？我们的路在前方，若不想往前走，就掉头回去吧！"

格斯尔听后没有反驳而是说道："我的枣骝马呀！你说得对！"便再也没有回头，而是朝着魔王城疾驰而去。

格斯尔消灭密林野牤牛

十方圣主格斯尔可汗骑着枣骝神驹翻山越岭，驰骋荒野，许久后来到了一座高山脚下。

他把枣骝马留在山脚下歇息，自己爬到山顶后向天界的三位神姊祷告：

"天界的三位神姊呀！我是觉如，我要去斩除十二颗头颅的蟒古思，救出阿尔伦高娃。你们一定要给我指明方向啊！"

于是，三位神姊立刻变成了杜鹃飞过来了。她们对格斯尔说道：

"觉如呀！你要去打败十二颗头颅的蟒古思并非易事。但你也不必担忧，我们会助你一臂之力！你听好了！你要继续往前走，就会碰到一片茂密的森林，那里有一头巨大的野牤牛。那野牤牛右边的犄角能顶到天上，左边的犄角能触到地面。那野兽舌头一卷，能够把草原上的青草舔个精光；大嘴一张，能够把一条河流里的水全部吸干。这头野兽很厉害，比较难对付！你进入魔王城之前首先要解决掉这头野牤牛才行啊！千万要小心谨慎啊！"

杜鹃说完便张开翅膀飞向了天空。

格斯尔下山后骑着枣骝神驹继续前行。周围渐渐暗下来，他们继续前行，周围变得更加黑暗，连东南西北的方向也分不清了。格斯尔驱赶枣骝马又往前骑行了一段路程时，天色已经暗的伸手不见五指了，就连枣骝马的耳朵也看不见了。

格斯尔无奈只好拉住缰绳，下了马。他临时找了一个休息的地方，脱下披风，裹了几圈当枕头；他用衣襟盖住了自己的头部，头朝东北方向躺下睡着了。

午夜时分，当格斯尔正在酣睡时，那头野牝牛悄悄地靠近了枣骝神驹。那野兽伸出长长的舌头，将枣骝马的长鬃毛和尾巴舐了个精光。他再一次伸出长舌将格斯尔的三十支白翎箭的箭翎舐了个精光。枣骝马发觉后怒气冲冲地喊道：

"你这个狂妄自大的家伙，给我滚开！格斯尔醒来后，一定会扒了你的皮，抽了你的筋。你给我等着！"

野牝牛轻蔑地笑了一声道：

"莫要大吹大擂！这次我先舐你的鬃毛和尾巴，明天再收拾你和格斯尔！"说完，野牝牛便蹲在格斯尔的脸上拉了一堆粪便后跑掉了。

次日清晨，格斯尔从酣睡中惊醒过来，扔掉了脸上堆积如山的牛粪。他抬头一看，只见枣骝马已经变成了没有鬃毛和尾巴的满身疮痍的小马驹。他箭筒里的三十支翎羽箭也变成了秃尾箭。格斯尔戴好披风后，向三位神姊祷告：

"三位神姊呀！你们为何不保佑我，让我遭受如此灾难啊！昨夜，那野兽过来袭击，把枣骝马的鬃毛和尾巴舐光，让它变成了两岁的癞疮马驹；我的三十支翎羽箭的翎毛也被舐光，变成了秃尾箭。我该如何是好啊？"

格斯尔可汗的三位神姊变成杜鹃飞过来说道：

"哎呀！觉如呀！不要再委屈抱怨了。常言道：男人好争胜，女人爱嫉妒；一生趁年轻，羊肉趁热乎。男人不受挫折，怎能成为铁血硬汉啊！我们会让你的三十支翎羽箭恢复原样；我们给你准备好了一袋谷物，正午之前喂枣骝马三次，它会长出鬃毛和尾巴；我们还给你准备了圣洁的食物，把这些都带上出发吧！"

格斯尔的三位神姊将他的三十支翎羽箭恢复了原样。那翎羽箭比之前更好看也更坚固了。格斯尔将它们收进了箭筒里。他按照三位神姊说的，在正午之前，用袋子里的谷物将癫疮马驹喂养了三次。小马驹的鬃毛和尾巴长了出来，变成了英姿飒爽的神翅枣骝马。他自己吃了神姊们给的圣洁的食物，恢复了元气，准备出发去消灭那魔鬼的野牦牛。

格斯尔跨上枣骝马沿着野牦牛的踪迹追赶，寻找一段路程后，格斯尔对枣骝马说道："哎呀！我的枣骝马呀！看到野牦牛的行踪就迅速给我追上去！要是你追不上那混蛋，不要怪我割掉你的四只蹄子，把你扔在这里呀！我把你的马鞍子背回去，以后再也不会骑你了。"

枣骝马听后不耐烦地说道：

"我的十方圣主格斯尔可汗呀！请不要为我担心。我会按照你的命令，追上那个可恨的野牦牛的。你要瞄准好那野牦牛前额上的白斑，一箭射死它！你要是做不到，让那个可恨的野牦牛跑掉，就不要怪我将你踢飞呀！"

格斯尔听后说道："你说的对！"说完他举起马鞭，朝着枣骝马的右腿猛地抽打了三遍。枣骝马挨了鞭子，怒从心起，便猛地腾空而起，朝着天空飞奔而去。格斯尔可汗慌忙地拉住缰绳也驾驭不住它了，便出声哀求道：

"哎呀！我的枣骝马呀！你又不是空中展翅飞翔的雄鹰，何必在空中疾驰啊！还是下去再好好追赶野牤牛吧！如果我的鞭子打得重了，你也不要生气了啊！"

枣骝马听到主人的话，从天上下来在地上飞奔。它的四只蹄子落地后，重重地踩踏在地面上，震得地动山摇。枣骝马飞驰一段时间后，终于找到了那头野牤牛的脚印。那野牤牛口渴找水喝，竟然把路边的三棵橡树撞倒了。

神翅枣骝马兴奋地喊道：

"十方圣主格斯尔可汗啊！那头野牤牛找到了。这就看你的本领了。"说着枣骝马猛地加速前行，追赶上了野牤牛并跑到了它的前面。

野牤牛看到他们后很不屑地笑着说道："你们还真是视死如归啊！马也好、箭也好、格斯尔也好，今天我要把你们都一网打尽！"

格斯尔听了野牤牛的豪言壮语，气不打一处来。昨夜的大仇未报，还被这么轻蔑，他立刻加鞭疾驰，拿出弓和箭，对准野牤牛的前额，拉满弓射出了箭。那箭稳稳地射中了野牦牛前额上的白斑处，野牦牛没来得及咆哮便倒了下去。

格斯尔跳下马来到了野牦牛身边，将它的三节尾骨割下来放进了嘴里。他还没有来得及品尝尾骨的味道，天界的三位神姊就来到了他的身边。她们说道：

"觉如呀！我们的好弟弟呀！你如英勇无敌的勇士追赶野牦牛，又如精准无比的神箭手射中野牦牛。可你将枣骝马抛在远处，独自过来想要吞食牛尾骨的样子如同饿狼扑食，是为何呀？你应该先祭祀天界的诸位天神和你的三位神姊，然后自己享用才对吧！"

格斯尔恍然大悟，立刻说道：

"三位神姊说得对，我射死野牦牛高兴至极。下次不会这么莽撞了。"说着，他把野牦牛的皮肉分割，做成了圣洁的贡品，依次祭祀给了天界的诸天神和三位神姊，之后自己也饱餐了一顿。

格斯尔勇闯妖河妖峰

格斯尔吃饱喝足准备再次启程时，三位神姊叮嘱他说道：

"哎呀！觉如弟弟呀！你继续往前走，不久后就会进入十二颗头颅蟒古思的领地了。我们不能陪同你一起去了，所以你要孤军奋战，奋勇前行了。

再往前走，你会到达蟒古思化身变成的一条妖河，那条河会挡住你的去路。那河里面飘荡着无头人，无脚马等奇形怪异的东西，而那些肮脏的东西时而高声尖叫起来，恐吓要过河的人。你不可胆怯，惧怕它们。拿出你的三庹青钢宝剑，朝着河水里指点三下，便可顺利通过那条妖河。

再往前走，你会到达蟒古思化身变成的两座妖峰，那两座妖峰之间紧紧挨着，看似密不透风。人和马想要通过，只要到达它们的中间就会立刻被挤死。弟弟呀！你自己想计法穿过去吧！

再往前走，你还会遇到一些困难。请见机行事才行啊！"

说完，格斯尔的三位神姊走了。

格斯尔跨上神翅枣骝马朝前赶路。没走多久，他果然来到了妖河边。那河里，飘荡着的无头人，无脚马等奇形怪异的东西发出可怕的嘶叫声。他毫不惊慌地按照三位神姊的嘱咐，拿出三庹长青钢宝剑，朝着河水指点了三下，便安全地渡过了。

他继续前行，来到了那两座妖峰处。两座妖峰之间没有空隙，连影子都无法穿过。格斯尔心生一计对着两座妖峰高声喊道：

"哎呀！这两座山峰真是威武壮观啊！我的故乡也有两座山峰，平时互不挨着，离得距离那么远，但是只要人马从它们中间穿过，立刻被它们挤死，你说它们的速度怎么那么快呀！哎！我还想着看看它们的速度，可是这两座山峰紧紧挨着不分开，白来一趟，还是回去吧！"

那两座妖峰听到格斯尔的话顿时生气地互相说道：

"我们还不如那两座破山峰吗？我们给他一些空隙，当他们人马穿过的时候，好好地夹死他们！今后谁也不敢当着我俩的面来夸其他的山峰了。"说着两座山峰各自退一步，留出了人马能穿过的距离。格斯尔见状，立刻抽打了一下枣骝马，枣骝马腾空而起，转眼间从两座妖峰之间飞奔过去了。

那两座妖峰想要夹死格斯尔，所以当格斯尔人马穿过时使出浑身的力气撞了过去。没想到没有夹到格斯尔，还把它们各自撞得岩石动荡，碎石乱飞。它们都相互埋怨起来，越吵越奋力相撞，最终撞得粉碎，瞬间坍塌了。

格斯尔勇闯三座山岭

格斯尔继续前行。这次他遇到了蟒古思的牧驼人。那个牧驼人正拿着骆驼般大的石头在磨弹子。格斯尔看到后便拿起一块公牛般大的石头开始磨弹子。

牧驼人好奇地问道："喂，朋友，你是谁呀？"

格斯尔回答："我是一个牧牛人，给蟒古思可汗放牛的。"

牧驼人便说道："朋友，我们一起来玩抛石子，怎么样？"

格斯尔爽快地答应："可以啊！你说我们是往身体上部打？还是往身体下部打？"

牧驼人回答："那我往身体上部打吧，你往身体下部打，如何？"说完牧驼人从地上拿起骆驼般大的石头砸向格斯尔的身体上部。格斯尔立刻施展法术，把自己变成了一个矮个子，那块巨石从他的头顶飞过去没打中。

轮到格斯尔打过去时，他立刻恢复了原身，从地上拿起公牛般大的石头，砸向了牧驼人的胸口。牧驼人倒地不起，格斯尔抓住他逼问道：

"那个十二颗头颅蟒古思的魔王城在哪里？该往哪个方向走？快说！"

牧驼人用微弱的声音回答："魔鬼城就在那远处最高的山顶上。"

格斯尔继续追问道："去魔王城走哪条路比较容易？快说！"

牧驼人气喘吁吁地回答："去魔王城要经过三座山岭。前方飘在空中的珠宝山岭，由天童们在放哨；再过去，就是金银山岭，由人间的孩童们在防守；之后就是黑檀木山岭，那里有蟒古思的妖童们守着呢。只要越过这三座山岭就能到达魔王城了。"

格斯尔继续前行，来到了珠宝山岭。那里防守的天童们看到格斯尔说道："哎哟！长着两条腿的人为何来这里呀？如果蟒古思知道了会过来杀掉我们的，你还是赶快离开吧！"

格斯尔问天童们："我要是不离开会怎样？"

天童们继续说道："哎呀！你不是普通的百姓吧？你是谁呀？"

格斯尔回答："天界的孩子们不要惧怕。我是十方圣主格斯尔可汗，能不能到我面前告诉我，你们是天神的孩子，怎么会在这里？"

天童们说道："我们几个一时淘气跑到了凡间，没想到那个十二颗头颅的蟒古思忽然过来，捉住了我们。他说格斯尔很快就过来，让我们在这里守着提防呢！"

格斯尔听后说道："既然如此，我就去除掉那魔王，放你们自由回到天界。那么，孩子们你们能给我什么呀？"

天童们立刻下跪说道：

"哎呀！圣主呀！只要除掉那个蟒古思，我们一定会知无不言，言无不尽啊！圣主格斯尔呀！再往前走，就会到达金银山岭，那里有人间的孩童在放哨，只要圣主标明身份，他们就会让您过的。再往前走，就会到达黑檀木山岭，那里不分白天昼夜笼罩着黑色烟雾，有蟒古思的妖童们在防守，很难翻越过去。这个东西您可能用得上，拿着吧！"说完拿出了火光宝镜递给了格斯尔。

格斯尔收好火光宝镜准备出发时天童们叫住他又说道：

"圣主呀！越过妖童防守的黑檀木山岭，就会到达三座高山，那高山峡谷里住着一个身高只有一尺的矮人。他用红线卜卦，很是灵验。让他卜一卦吧！他说'凶'你就不要往前走；他说'吉'，你就放心前行吧！"

格斯尔告别了天童后来到了金银山岭。那里的人间孩童得知格斯尔要去消灭蟒古思，让他安然地通向前方去了。

格斯尔骑着神翅枣骝马继续前行，来到了黑檀木山岭。那里怪石林立，树木茂密，上面笼罩着一股诡异的浓黑烟雾，让人不寒而栗。格斯尔跳下马，向天界诸神和三位神姊祷告："诸天神和三位神姊保佑！下一场拳头般大的冰雹雨吧！把那些放哨的妖童们砸死吧！"

天界诸神听到了格斯尔的请求，没过多久，果然空中电闪雷鸣，下起了拳头般大的冰雹。妖童们各个捂住头藏了起来。格斯尔捡起几块大石头，挨个砸向妖童们的头部，把他们消灭了。

格斯尔烧死大树妖

格斯尔拿出火光宝镜，顺利翻过了黑檀木山岭，继续向前赶路，来到了三座高山处。

在高山的峡谷中，他果然看见一个只有一尺高的矮人。格斯尔施展法术，变成一个瘦弱的老人，将枣骝马变成了癞疮小马驹，来到了矮人面前说道：

"哎呀！听说你占卜很灵验，请给我算一卦吧！我该往白色河去抢骟驼的骆驼群好呢，还是往黄色河去抢亮鬃草黄毛马的马群呢，或是往黑色河去抢黑毛白脸马的马群啊？"

一尺矮人拿出红线卜一卦后说道：

"不要往白色河那边去，那是佛门之路；也不要往黄色河那边去，那是凡间之路；你往黑河那边去吧，那是去蟒古思的魔王城之路，会有凶险但最终无碍的。"

格斯尔听后牵着癞疮小马驹准备离开时，一尺矮人叫住他接着说道：

"你等一下！还有一条线没有看呢。"说完一尺矮人仔细端详了红线说道：

"哎呀！你是十方圣主格斯尔可汗啊！装成一个瘦弱老人让我卜卦，是想要试探我的才略呢？还是小觑于我呢？"

格斯尔急忙说道："哎呀！哪敢瞧不起神卜啊！我是开玩笑的，不要生气啊！"

一尺矮人说道："圣主啊！我哪敢生气啊！还有一件事要告诉你。这座高山下面有三条路，你走中间的那条路，会遇到蟒古思化身的一棵大妖树。无论你听到什么看到什么千万不要出声，否则那妖树会伸出锋利的刀子砍死树下穿过的人。圣主千万要当心啊！"

格斯尔告别一尺矮人继续前行。他穿过中间的那条路，果真看到了一棵茂密的大树。他知道那就是妖树，便下了马，将枣骝神驹送上了天界，独自走了过去。

妖树看到有人过来了，枝叶就变成了一个美丽的女子模样，向格斯尔招手。格斯尔视若无睹走过去，坐在大树下面。他将自己的三庹青钢宝剑变成一把锋利的匕首开始刨树根。那妖树见格斯尔不作声也不搭理，便以更加动听的声音唱起歌来。格斯尔始终不动声色，坐在树荫下，猛烈地刨着树根。

没过多久，树根被一一砍断，蟒古思的化身——这棵妖树轻而易举地被格斯尔推倒了。格斯尔变出三庹青钢宝剑将妖树砍成数段，一把火将妖树烧毁了。

十二颗头颅蟒古思的几个化身接连被格斯尔杀掉了。他出门打猎时，忽然感到头痛欲裂。他便来到高山下的大海边，躺下来冲凉。蟒古思躺着躺着就睡着了。

十方圣主格斯尔可汗施展法术，变成一只紫雕飞过来在蟒古思的左眼上啄了一下就逃了。蟒古思被惊醒，起身追赶紫雕。紫雕飞到了高山顶上变成一个一尺矮人玩耍了一会儿。蟒古思追到山顶想抓他时，又变成了紫雕飞回了海边。等蟒古思追到海边时，紫雕又立刻飞到高山顶上变成一尺矮人开始玩耍。蟒古思再次追到山顶时，又变成了紫雕飞回了大海边。蟒古思被格斯尔捉弄，追来追去筋疲力尽，最后只好疲惫不堪地回家了。

十二颗头颅的蟒古思回到家后对阿尔伦高娃说道：

"哎哟！我这是怎么了？打猎途中，突然头痛欲裂，浑身难受啊！我想着去海边冲冲凉，躺下不知怎么地睡着了。忽然被一只可恶的紫雕啄了一下眼睛后被惊醒。我起身去追赶，没想到那东西在山顶上变成了一尺矮人，我到达山顶时，又变成紫雕飞回了海边。这可恶的东西，时而变成一尺矮人时而变成紫雕来戏弄我。我现在不仅头痛欲裂，还四肢酸痛、浑身不舒服！"

蟒古思气得浑身发抖，他的两只眼睛差点要喷出火来。他躺在床榻上休息片刻后接着说道：

"哎呀！以我的威名，没有人敢得罪我呀！难道是那个十方圣主格斯尔可汗来了？还是天界的霍尔穆斯塔腾格里？海里的龙王？莫非是阿修罗或别的什么凶神恶煞？想想没人敢冒犯我，到底是谁来了？"

阿尔伦高娃听后回答："哎呀！十方圣主格斯尔可汗可没有那么多化身啊！他是天神转世，不会变作飞禽吧？我看啊，应该是阿修罗下来，要折磨你呢！"

阿尔伦高娃试探蟒古思

次日清晨，蟒古思又出去打猎了。

十方圣主格斯尔可汗骑着神翅枣骝马去了魔王城。只见魔王城城墙无比高大又坚固，格斯尔骑着马转了一圈，竟然连门都没有找到。他无奈地对枣骝马说道：

"我的枣骝神驹呀！你要驮着我跳过城墙进去，如同金沙飘落要稳稳地落到城里。否则我就砍断你的四只蹄子，背着你的马鞍子和马嚼子回去；当你跳进去时，要是把我摔在城墙外，我就摔死在魔王城，成为魔王的狗食！"

枣骝马听了说道："我的圣主呀！别说这样泄气的话。你说让我跳过去，我跳过去就是了。好了，你先离开这里，去城外三十里处，再疾驰过来。到了离城墙一箭之地时，高声呐喊'驾！驾！冲啊！'拉住我的缰绳，我便驮着你跳进魔王城里面。"

格斯尔听从枣骝马的吩咐，调转马头，奔去魔王城外三十里处，再次往魔王城疾驰而来。到了离城墙一箭之地，便两腿夹紧马肚子，左手全力勒住马缰绳，右手举起鞭子往马的右胯上使劲抽打了三下，口中高声呐喊着"驾！驾！冲啊！"神翅枣骝马四只蹄子腾空而起，纵身一跃，跳进了魔王城，驮着格斯尔稳稳地落到了地面。

格斯尔大声夸赞枣骝马说道："哎呀！我的枣骝马呀！你不愧是一匹神翅天马呀！现在你可以回天界好好歇歇了。我叫你时再下来吧！"

枣骝马向自己的主人道别，转身对着天空喊道："天界的马夫，快快放下梯子，让我上去吧！"

天界的马夫给它放下了用绳子编织的梯子，那梯子一头挂在须弥山上，一头落到了魔王城地上。枣骝马看到绳梯怒火冲天、两眼喷火，大声呵斥道："这个破绳梯能拉我上去吗？我是十方圣主格斯尔可汗的神驹，我要是爬上这破绳梯，恐怕不到半路，绳子就断掉了。快给我放下铁梯子！"

天界马夫收回绳梯又重新放下铁梯子。枣骝马顺着铁梯子爬到了天界。

格斯尔送走了枣骝马，将自己变成了一个乞丐。他走到城墙垛口处说道：

"哎呀！这座城堡多么美丽壮观呀！我这四海为家的乞丐，见过霍尔穆斯塔腾格里的宫殿，也见过海底龙王的大宫殿，可那些都比不上这座城堡如此的雄伟坚固呀！不知能否见一下这城堡的两位主人啊？"

格斯尔走着走着就来到了一座巨大的红顶白色宫殿的前面。这宫殿门口的左右两侧躺着两只两岁牛犊般大的巨蜘蛛。巨蜘蛛是蟒古思的化身，听从蟒古思的吩咐，在此看守着阿尔伦高娃。阿尔伦高娃胆敢闯出这扇宫门就会被它们吃掉。

阿尔伦高娃听到圣主格斯尔的声音，兴冲冲地跑到宫殿门口想要不顾一切地冲出去时，那两只巨蜘蛛便扑了过来。巨蜘蛛正要吞掉阿尔伦高娃的那一刹那，变作乞丐的格斯尔施展法术将它们杀死了。随后，格斯尔将自己的化身变作两只巨蜘蛛放在了门口。

阿尔伦高娃抱着格斯尔放声大哭：

"天上的太阳又红又热，

心中未忘对你的挂念。

郁闷的黑夜又长又冷，

睡梦中才能与你相见。

我的圣主格斯尔可汗，

你是从哪里而来呀？"

格斯尔看到阿尔伦高娃情不自禁地大声哭泣便说道：

"所谓妇人头发长见识短，就是如此吧！你这样放声大哭是想引来蟒古思啊？好了，不要再哭了！请告诉我，你为何走出微风谷，来到了魔王城？是你心甘情愿还是被逼无奈呀？"

阿尔伦高娃擦干了眼泪，把最近的遭遇讲了一遍。格斯尔听完说道："原来如此！都是朝通搞的鬼，我回去后一定不会放过他。现在消灭十二颗头颅蟒古思走出这魔王城要紧。"说完他上下打量了一番阿尔伦高娃便问道：

"右脸颊涂抹胭脂膏粉，

右半身花枝招展为何？

左脸颊涂抹锅底黑灰，

左半身穿戴破烂为何？"

阿尔伦高娃回答：

右脸颊涂抹胭脂膏粉，

右半身穿戴美丽饰品，

这样做是有寓意存在。

十方圣主格斯尔可汗，

早日来到这魔王城里，

割掉魔王十二颗头颅！

左脸颊涂抹锅底黑灰，

左半身穿戴破烂不堪，

这样做也有寓意存在。

十方圣主格斯尔可汗，

早日来到这魔王城里，

消灭魔王铲平魔王城！"

阿尔伦高娃说完，接着把蟒古思被紫雕啄了眼睛的事说了一遍，语气沉重地叮嘱道："我的圣主呀！那魔王凶恶无比，依我看，你还是回去的好啊！"

格斯尔听了说道："哎呀！我的阿尔伦高娃呀！你为何说如此泄气的话呀？十方圣主格斯尔可汗岂能怕了那蟒古思独自逃跑的道理？你还是快快告诉我那魔王的本领和妖法吧！"

阿尔伦高娃想了一下说道：

"哎呀！我的圣主呀！我被抓来后从未离开过这个宫殿，这魔王的底细知道的并不多呀！这孽障每日清晨，骑着他那头青骡子去打猎，傍晚时分，驮着驼鹿满载而归。那头青骡子不一般，若发现城内有敌人，便会打响鼻子，啃着嚼子，四只蹄子刨着地奔过来，到处寻找敌人的踪迹。那孽障还会用红线卜卦，相当灵验。哎哟！我的格斯尔可汗啊！我该把你藏在哪里好啊？"

格斯尔听了说道："哎呀！我躲起来是小事，你还是想方设法打听清楚蟒古思的底细！"

阿尔伦高娃回答："太阳落山后那个魔鬼就会回来，等他吃饱喝足，心情大好的时候我再试着问一问啊！"

格斯尔和阿尔伦高娃走进了蟒古思的宫殿，来到了大理石建造的大厅。大厅墙壁的西侧，放着一块巨大的、红色的水晶宝石，闪耀着奇异的光芒。阿尔伦高娃用手去触摸了那颗水晶宝石，宝石立刻消失了，放宝石的地方出现了一个深洞。格斯尔钻进那个洞，把自己藏起来，之后那颗宝石又出现并恢复了原样。

夕阳西下，十二颗头颅的蟒古思骑着青骡子驮着几只驼鹿回来了。那头骡子一到城门口便开始打响着鼻子，啃着嚼子，四蹄刨着地气势汹汹地跑进了城内。蟒古思大摇大摆地走进宫殿，坐在大理石椅上说道：

"哎哟！看青骡子的样子这里来敌人了。我的鼻子还闻见了别人的气息，一定是你这个诡计多端的女人，带着敌人进来的。快去给我拿卜卦的红线过来！"

阿尔伦高娃听后流着眼泪看似委屈地说道：

"哎哟！你这是什么意思呀！你放在门口的两只巨蜘蛛不是在吗？我自从来了你这宫殿大门不出二门不迈的，再说，我也不是你那两巨蜘蛛的对手啊！我嫌弃格斯尔，以为你英勇强大才奔着你过来的。没想到你冤枉我，还敢指责我？"阿尔伦高娃越说越生气，越生气越哭得厉害。

蟒古思看见阿尔伦高娃不停地流泪哭泣，于心不忍，好声好气地说道：

"哎呀！不要哭了。你去帮我拿过来卜卦的红线，我占卜一下再说！记住，千万不能从女人的胯下经过，也不能从狗头下面经过，那样就不灵验了。你顺着西墙边走过来递给我吧！"

阿尔伦高娃走进蟒古思的屋子拿出卜卦的红线，将忌讳的事都做了一遍之后，把红线拿出来递给了蟒古思。蟒古思把红线放在大理石桌子上，卜卦一看便大惊失色地喊道：

"哎呀呀！大事不妙啊！十方圣主格斯尔可汗来了，藏在一个深洞里面啊！"

阿尔伦高娃被他的话吓了一跳，但假装镇定地说道：

"哎哟呦！你在说什么呢？谁藏了格斯尔啊？难道是我自己吗？让头上的长生天和脚下的大地来给评评理吧！"

蟒古思听了哈哈大笑道："哎哟呦！看你这伶牙俐齿，我可真说不过你呀！"说完他又重新卜卦一番，接着说道：

"格斯尔已经死去，

尸首埋在黑土里。

上面压着大石板，

上面洒了一层雪，

还用黑土盖上了。

黑土上面已长草，

附近形成一片海。

海岸上空飞过来，

许多鸟屎已成堆。

喜鹊乌鸦飞过来，

叽叽喳喳当笑话。"

蟒古思说完疑惑不解地看着两次卜卦出了不同结果的红线，突然将红线扔到一边，对着阿尔伦高娃大声说道："快去把我的牙签拿过来！我要剔牙。"

阿尔伦高娃把牙签递过去，蟒古思剔了几下，从牙缝里剔出了四十个人的碎骨，扔到了地上。蟒古思又说道："快去给我拿吃的过来！"

阿尔伦高娃吩咐仆人给蟒古思拿来了几十个动物头颅和驼鹿的烤肉，摆在大理石桌上。蟒古思狼吞虎咽地吃掉了全部的东西，立刻心情大好起来。阿尔伦高娃趁机走过去，坐在蟒古思的身边，用雪白的双手握住了蟒古思漆黑的大爪子，眉开眼笑地说道：

"哎呀！我的好夫君，你今天打猎回来把我痛骂了一顿。我生气了啊！我嫌弃格斯尔奔你而来，死心塌地跟着你呢。你这个魔王城连门都没有，你出去打猎一天不回来，万一哪天格斯尔过来杀了我，你也不好知道吧？他要是把你也杀了可怎么办才好啊？"

蟒古思听了不服气地说道：

"哎哟！你不用担心！那可恶的格斯尔过来，我用一根手指就能灭了他。我法力无边，他杀不了我。还有，我的秘密可不能告诉你！常言道世间有三个不可信：把木棍子当作树不可信；把麻雀当作鸟不可信；把女人当作朋友不可信。"

阿尔伦高娃生气地转过身说道：

"哎呀呀！你这是什么话？哦，我想起来了。你把我带到魔王城后，吃掉了自己漂亮的夫人们，让我做你最爱的夫人。想必你现在找到了比我更漂亮的，要吃掉我吧？早知如此，我又何必当初！还不如死在格斯尔手中为好呢！我真是自寻死路呀！"说完又开始放声大哭起来。

蟒古思知道阿尔伦高娃生气了，便出声哄着她说道：

"阿尔伦高娃呀！你这话说得没错呀！好了，别生气了。这世间哪有人比你更漂亮呢？"说着拉住阿尔伦高娃的手，把她抱在怀里又说道：

"阿尔伦高娃呀！我的心肝啊！别生气了。你笑一个，我就告诉你我的秘密。"

阿尔伦高娃听后立刻对着蟒古思微微笑了一下。蟒古思发出震耳欲聋的笑声！笑着笑着拿出两枚戒指递给了阿尔伦高娃。他接着说道：

"这两枚戒指你收好！你想要出城时，将一枚戒指放到鼻尖上，城门就会打开；你想要进城时，将另一枚戴在小拇指上，城门就会打开了。我出门打猎通常在说反话指东说西，我说往南走，实则朝北走；我说往北走，实则朝南走；我说往东走，实则朝西走；我说往西走，实则朝东走了。"

阿尔伦高娃听后喜不自胜地说道：

"哎呀！我的好夫君啊！这些我都记住了。要是那可恶的格斯尔来了你可怎么打败他呀？格斯尔神通广大，本领高强，你可怎么对付他呀？"

蟒古思来了兴致，不假思索地回答：

"那格斯尔来了，我不费弹指之力就能了结他。我跟你说啊！我有很多化身。

这魔王城的前面有一个三色的大海，海边有五道芦苇林。海岸和芦苇林中间有一块空地，那里有黑白两色的两头牤牛在顶角相撞。白色牤牛是格斯尔的化身，而黑色牤牛是我的化身。早晨白色牤牛会赢，下午黑色牤牛会赢，只有杀了黑色牤牛才能杀掉我的这个化身。

这魔王城的后面还有一个城堡，那里住着我的三个妹妹。她们住在三棵大红树顶上。就算杀了她们三个，也才是杀掉了我的另一个化身而已。

这魔王城的东边有三片大海，那里住着三只母鹿。只有中午热的时候，它们才从海里出来，卧在岸上。有谁能一箭射中三只母鹿，把中间母鹿的肚子用刀划开，拿出里面的金匣子，再把金匣子踩碎，从里面取出一根大铜针，将铜针折断，才算杀了我这个化身。有谁能做到啊？

这魔王城的西边还有一个城堡，那里住着我的姐姐。她神通广大，手中握着一罐蜣螂。我出生至今也从未见过。那是我的灵魂。要是有本事杀死我姐姐和那一罐蜣螂，才能杀死我的灵魂。有谁能做到啊？

　　阿尔伦高娃啊！我把所有的秘密都告诉你了啊！"蟒古思说完便躺下了。

　　阿尔伦高娃心想："这个魔王肯定还有秘密没有告诉呢？"便故意说道：

　　"哎呀！我的傻瓜夫君啊！我只是想知道格斯尔你们两个谁更厉害，没想到你全说了。快别再说了，万一让人听去了怎么办啊？"

　　蟒古思哈哈笑着毫不在意地说道：

　　"哎呀！你真是聪明啊！我再告你啊！我睡着后，从右鼻孔里跳出来一条大金鱼，在右侧肩膀上玩耍；从左鼻孔里跳出来一条小金鱼，在左侧肩膀上玩耍。要是把它们两个都杀了又如何？只有把我脖子上的十二颗头颅一一砍断，才能将我杀死呀！可谁有这么大的本领啊！哈哈哈！"

　　阿尔伦高娃打听清楚了蟒古思全部的秘密欣喜若狂，她接着又甜言蜜语地说道：

　　"哎呀！我的好夫君啊！你这么神通广大、本领高强我就放心了。我终于不用提心吊胆，惧怕格斯尔来杀我了。我终于能睡个安稳觉了。遇见你，真是我的福气呀！"

蟒古思听了阿尔伦高娃的柔声细语高兴地频频点头说道："哈哈哈！是啊！"笑着笑着睡着了。

格斯尔斩杀蟒古思

次日清晨，黎明时分，蟒古思就骑着青骡子出门打猎去了。他说要往南走，其实朝北走了。

阿尔伦高娃把手放到那块巨大的红色水晶石上面，宝石消失了，露出了一个大洞。格斯尔从那个洞里出来后，把宝石恢复放在原地。

阿尔伦高娃将蟒古思给她的那两枚戒指递给了格斯尔，并告诉了他蟒古思的所有秘密。格斯尔听完夸赞阿尔伦高娃行事沉着便走出宫殿来到了院子里。

格斯尔将枣骝马从天界召唤下来，骑着枣骝马来到了城墙边，把戒指往鼻尖上一放，城门出现便即刻打开了。

格斯尔骑着枣骝马向三色海出发。他经过三色海，穿过五道芦苇林，发现前面果真有黑白两色的牤牛顶着角在相撞。白色牤牛两眼通红、两腿弯曲，嘴吐白沫，气势凶猛地顶着黑色牤牛，而那黑色牤牛看着快招架不住了。格斯尔拿出弓箭，拉满弓，一箭射中了黑色牤牛的胸部，骑马奔过去，拔出三庹青钢宝剑，将黑色牤牛又砍了几刀。他往回走时，放火烧毁了五道芦苇林，骑马奔向了魔王城。

　　格斯尔一到魔王城脚下，便拿出戒指戴在小拇指上面，城门打开了。格斯尔回头一看，那三色海波涛汹涌地追着格斯尔奔来。格斯尔一惊，立刻扬起鞭子抽打枣骝马，枣骝马腾空一跃，跳进了城门，城门立刻就关闭，挡住了三色海水的进攻。见格斯尔已经进入魔王城，那三色海只好退回去了。

　　格斯尔进入魔王城后，施展法术，将枣骝马变成一块巨大的石头，放在了之前的那两只蜘蛛的旁边。他对阿尔伦高娃说道：

　　"我过去杀了城南的那头黑色牤牛。"

　　中午时分，蟒古思还没有回来，久别重逢的格斯尔和阿尔伦高娃好好地享用了一顿美餐。饭后，格斯尔又回到了洞里。

　　傍晚，蟒古思回来后对阿尔伦高娃说道："哎哟！我的头好疼啊！难道是格斯尔来了？"

　　阿尔伦高娃回答："哎呀！我的好夫君啊！你怎么又头疼了？难道是因为还没吃动物的肉吗？"

　　蟒古思抓着头说道：

　　"今天是少吃了一些，突然头痛欲裂。哎哟！好疼啊！"说着抱着头睡着了。

　　第二天，蟒古思又出去打猎了。他说往北走，其实朝南走了。

　　格斯尔叫来枣骝马，骑马出城往北走到了城北的城堡里。那里蟒古思的三个妹妹正坐在三棵大树的树顶上。格斯尔进城时，施展法术，将自己变成了一位年轻的美男子。美男子骑着马走到三棵大树下面，跳下马，拿出各种好玩的东西摆弄起来。格斯尔唱道：

"三棵高大的红树顶上，

住着三位美丽的姑娘。

三位美女究竟是谁呀？

不知为何坐在这里呀？

是天神的三位仙女吗？

是龙王的三位公主吗？

是格斯尔的三位夫人？

还是蟒古思的妹妹呀？

美丽的姑娘们下来吧！

来到我身边一起玩吧！

坐在树顶是怎么回事？

莫非是喜鹊还是乌鸦？"

蟒古思的三个妹妹听到美男子的歌声，不禁低头向他说道：

"哎呀！这年轻人说的有道理！难道我们是鸟类吗？要一直坐在树顶上多无聊啊！还是下去和他一起玩耍吧！"说着她们三个从大树上下来，和格斯尔一起唱歌，玩得不亦乐乎。三个姑娘边玩边问美男子："哎呀！你是谁呀？"

格斯尔回答："我是从西方极乐世界来的年轻人。路途中，有个戴黑帽子的高僧给了我一百零八条彩色的灵符，你们要戴着试试看吗？"

三个姑娘听后欢喜地齐声说道："哎哟！高僧赠送的灵符为何不戴呀？快快拿出来，送给我们吧！"

格斯尔拿出三条灵符握在手中说道："你们要戴在脖子上呢？还是脚上呢？"

她们异口同声地说道："高僧给的灵符岂有戴在脚上的道理？戴脖子上吧！"

格斯尔对她们说道："哎呀！那你们转过去，我给你们戴上吧！"说着，他让蟒古思的三个妹妹转身站好了。格斯尔迅速拿出三根弓弦，套住她们的脖子，狠狠地一拉，将她们三个杀死了。格斯尔拔出三庹青钢宝剑，将三棵红色大树，砍断后，放火烧毁了。随后，他骑上枣骝马回到了魔王城。

傍晚时分，蟒古思说头疼抱着头回来了。阿尔伦高娃出去迎接说道：

"哎呀！我的好夫君啊！你说头疼还要出门去打猎。我们又不是没有吃的，明天休息一天吧！别再出去打猎了。"

蟒古思说道：

"哎呀！阿尔伦高娃呀！你说的是什么话？我这四颗头颅疼就疼了，没关系！我明天还要出门打猎才行啊！"说着呼呼大睡了。

次日，黎明时分，蟒古思骑着青骡子出门了。他说往东走，其实朝西走了。

格斯尔跟在他后面出了城门。他骑着枣骝马往东走，去了城东的三片大海处。格斯尔赶着中午时分，到达了那里。正巧碰到那三只母鹿卧在海岸上。格斯尔下马，拿出弓箭，调整好姿势，一箭射死了三只母鹿。他跑过去，用刀子将卧在中间的那只母鹿的肚子划开，取出里面的金匣子，又将金匣子踩碎，将里面的那根铜针取了出来。格斯尔使劲将铜针一掰两段，随后骑着马回到了魔王城。

到了晚上，蟒古思说着头疼得厉害便回来了。阿尔伦高娃假装生气地说道：

"今天不是叫你休息吗？你有无数财宝，休息一天又何妨呢？"

蟒古思说道："哎呀！阿尔伦高娃呀！你说的什么话呀？明天带你去看看！"

第二天，天未亮，蟒古思便起来了。他用布条包住了疼痛的六颗头颅，将阿尔伦高娃带走了。蟒古思将阿尔伦高娃带去了他的黄金大屋子。那里堆积着很多死人的尸体；蟒古思又带着阿尔伦高娃去了一间外观华丽的白银大屋子，那里放满了牛肉、鱼肉和各种野兽的肉；他们又到了一间光秃秃的木屋，那里摆放着琳琅满目的珠宝和首饰。

蟒古思对阿尔伦高娃说道："阿尔伦高娃呀！你看着这些东

西很多，要是我想吃的话，一天就能吃完。而我是在省吃俭用。没有积蓄可了得！就算是六颗头颅疼痛又如何，我还是要出门打猎才行啊！"说着蟒古思要去打猎。他说往西走，其实朝东走了。

格斯尔骑着枣骝马出了魔王城，往城西奔去。途中，格斯尔看见一只黄色老母鹿向他奔跑过来。格斯尔拿出弓箭，瞄准母鹿的前额白色花纹，用力一拉，没想到箭射中了母鹿的尾巴。那只黄母鹿带着格斯尔箭迅速跑开了。

格斯尔骑马紧追不舍，快要追到时，那母鹿跳进了城门，城堡的九层石门紧紧地关上了。格斯尔拿出九十斤的大钢斧和六十斤的小钢斧用力锤打了几下，凿出一个洞。他往里面一看，只见那母鹿变成了一个老妖婆，下面的獠牙顶到天，上面的獠牙顶到地，两只乳房垂到地面，铺满了整个院子。老妖婆拼命地拽着刺在短尾巴上的箭，嘴里还不停地念叨着"哎哟！为何被中箭了呢？真是疼死我了。"

格斯尔施展法术，变成了一个年轻的美男子走了进去。他走过去问道："哎呀！老婆婆，你这是怎么了？没大碍吧？"

那老妖婆对着格斯尔说道：

"金色世界自由地奔跑，

捕猎动物和人当美食。

刚刚想要抓一个骑手，

过分自信地向他进攻。

突然被他狠狠地一射，

变成这般难看的模样。

抓住短尾巴上的箭翎，

想要拉出却力不从心。

抓住箭镞朝着下面拔，

搞得我浑身筋疲力尽。

这箭射的鲜血流不止，

这箭射的差点丢了命。

美丽的男子你是谁啊？

能否帮我拔出这箭啊？”

于是格斯尔对她说道：“哎呀！老婆婆呀！我可不敢拔出来呀！这箭有可能是霍尔穆斯塔腾格里的箭，又或是阿修罗的箭也说不定啊！”

老妖婆继续说道：“哎呀！小伙子，我们做朋友吧！朋友你为何而来呀？”

格斯尔笑着说道：“你不认识我了吗？我是你老弟呀！”

老妖婆不相信他说的话，问道：“你到底是谁呀？我可没有这么英俊的老弟。”

格斯尔回答：“我是你蟒古思老弟呀！”

老妖婆惊奇地问道：“哎哟！我的老弟呀！你怎么变得如此英俊了？”

格斯尔答道："十方圣主格斯尔可汗的夫人阿尔伦高娃被我抢过来了，我就变成了这般好的容貌。"

老妖婆盯着格斯尔看了一会儿突然变了脸色，生气地说道："哼！知道我是你姐姐，你射什么箭？想杀了我？"

格斯尔假装生气地说道："我的姐姐呀！这箭是我射出去的。我从生下来开始到现在娶了夫人，你一直不让我看看我的灵魂那一罐蜣螂。为什么你不让我看啊？我百思不得其解就放箭射你了。"

老妖婆听了大发雷霆地说道：

"老弟呀！我就是怕你拿去惹是生非，不小心让外人知道了会伤及你性命！所以我一直替你保管着。没想到你恩将仇报，放箭射中我，想杀我？不知好歹，行！这臭虫子你拿走吧！"说着将那一罐蜣螂扔到了地上。

格斯尔看到地上一罐蜣螂说道：

"哎呀！我的好姐姐呀！弟弟我错了。你转过身吧！我给你拔箭。"说着走了过去佯装做出拔箭的动作。格斯尔趁着老妖婆不注意，迅速拔出箭，往她的胸口刺去。格斯尔拿着箭杆搅动老妖婆的胸口，那老妖婆挣扎了一下，一命呜呼了。格斯尔把那罐子蜣螂踩死后，放火把老妖婆和蜣螂都烧成了灰烬。随后他骑着枣骝马回到了魔王城。

到了傍晚，蟒古思骑着青骡子回来了。

他高声叫喊着："哎哟！我的头啊！八颗头颅疼得要命啊！"说着卧倒在座踏上睡了过去。没过多久，从他的右鼻孔里跳出一条大金鱼，在他的右侧肩膀上玩耍着；从他的左鼻孔里跳出一条小金鱼在他的左侧肩膀上玩耍着。

阿尔伦高娃悄悄地走到外面，拿来两袋子炭粉，放在蟒古思的旁边。她又走过去把手放在红色水晶石上触摸，从洞里把格斯尔叫了出来。格斯尔出来后，坐在一旁磨着他的那两把钢斧头。

蟒古思被磨斧头的声音吵醒了，怒气冲冲地说道："什么东西在响？嘎吱嘎吱地吵死了！"说完眼睛也没睁开就拿起身边的一袋炭粉放进了嘴里。

阿尔伦高娃吓了一跳，急忙说道："哎呀！我的好夫君啊！你是想吃掉我呀？"

蟒古思又问道："什么东西在响？快说！"

阿尔伦高娃看见蟒古思未睁开眼睛便胡编乱造说道："哎呀！我在纺线呢。一不留神，把锤子掉进锅里了。"

蟒古思听后睁开眼睛说道："那我看看你怎么纺线！"

阿尔伦高娃开始纺线发出了嘎吱嘎吱的响声。蟒古思松了一口气，说了一句："还真的是在纺线啊！"然后又睡着了。

这一回，格斯尔开始磨箭镞。磨箭镞的声音吵醒了蟒古思，他起来随手抓起身边的一袋子炭粉又吞了下去。

阿尔伦高娃假装生气地说道："你是怎么了？要是想吃掉我，

点上灯火，趁黑吃不如在光亮下吃掉。"

蟒古思问道："什么东西在响？呼哧呼哧吵死了。"

阿尔伦高娃看着坐起来的蟒古思说道："我在拉线呢。这是拉线的声音。"

蟒古思命令道："那你快拉线给我看看！"

阿尔伦高娃拉线后，蟒古思又安心地睡着了。

格斯尔收起磨好的箭镞，拿着那两把磨了刃的钢斧，走到蟒古思面前。他让阿尔伦高娃抓了两把炭粉后说道："我砍他的肩膀，你把炭粉放伤口上！"说完举起钢斧使出浑身力气，把蟒古思的两只肩膀砍断，又把两条金鱼砍死了。阿尔伦高娃把炭粉放进蟒古思的伤口里，蟒古思感到剧痛，立刻爬起来和格斯尔打斗。

蟒古思一看到格斯尔，大声哀求道："威震十方的圣主格斯尔可汗呀！请你高抬贵手放了我吧！你我并无深仇大恨啊！你的夫人阿尔伦高娃也不是我抢来的，是她自己找过来的。我们结拜做兄弟吧！哪里有仇敌就一起去征服。冬天，我这里不是暖和吗？住这儿过冬吧！夏天，你的地方不是凉快吗？就住你那儿吧！只求您给我留一条命吧！"

格斯尔听了觉得有道理。他说道："你说的也对！"便准备收手。

这时，天界的三位神姊传来了声音，对格斯尔说道："哎呀！呀！你被蟒古思欺骗了。不要相信他说的任何一句话。立刻杀掉他，要不然等蟒古思的躯体变成生铁就迟了，快砍掉他的头颅！"

格斯尔被姐姐们的劝告唤醒，想割掉魔鬼的第十二颗头颅，不承想那些头颅已经变成了生铁，无法砍断了。格斯尔拿出三庹长青钢宝剑，想要割断蟒古思的喉咙，剑已经刺不进去了。

格斯尔用剑从蟒古思的腋下刺了下去。剑还是没能刺进去。格斯尔用剑从他的小腹股沟里刺进去，将蟒古思的腹部一刀剖开，那些生铁水流了出来。等生铁水流干后，格斯尔趁机将蟒古思的十二颗头颅全部砍断了。他将蟒古思的头颅和躯体用一把火烧成了灰烬。

阿尔伦高娃高兴地跑到格斯尔面前说道：

"十方圣主呀！十二颗头颅蟒古思已经彻底斩除了。喝杯热茶，吃点东西，稍微歇息吧！"

阿尔伦高娃用漂亮的金碗装满黑色的饮品给格斯尔可汗端了过去。那黑色的饮品就是忘掉一切的遗忘之水。格斯尔可汗享用后，把一切都忘了。

十方圣主格斯尔可汗铲除了十二颗头颅的蟒古思，救出阿尔伦高娃夫人，忘记一切部众百姓，与阿尔伦高娃一起在蟒古思的魔王城里生活了。

英雄格斯尔从天界下凡至十五岁显现真身及斩妖除魔的故事终。待叙。